사랑하는 딸들에게 건네주는
아빠의 세상

박준선(朴俊宣, Park Jun Seon)
1966년 충남 강경 출생.
1985년 서울 성동고 졸업. 1989년 서울대 법대 졸업.
1992년 제34회 사법시험 합격, 1995년 사법연수원 수료(제24기),
1995년 광주지검 검사, 1997년 부산지검 울산지청 검사,
1998년 울산지검 검사, 1999년 서울지검 검사,
2001년 濠洲 시드니大(Visiting Scholar〈1년〉), 2002년 법무부 국제법무과 검사,
2003년 7월 변호사 개업.

사랑하는 딸들에게 건네주는 아빠의 세상

2003년 12월 19일 발행
2003년 12월 25일 1쇄

지 은 이 / **박 준 선**
펴 낸 이 / **윤 현 호**
펴 낸 곳 / **뿌리출판사**
홈페이지 / **뿌리출판. kr / www. rootgo.com**
E-mail / rootgo@dreamwiz.com / root1115@daum.net
주   소 / 서울시 성동구 성수 2가 3동 317-10호 2층 우편번호 / 133-835
전   화 / (代)2247-1115, 466-4516, 팩 스 / 466-4517
출판등록 / 서울시 등록(카) 제 1-551호 1987.11.23

값 / 8000원
ISBN 89-85622-41-2

사랑하는 딸들에게 건네주는 아빠의 세상

박준선 著

뿌리출판사

차 례

사랑하는 딸들에게 건네주는
아빠의 세상

사랑하는 딸들에게

그날 오후 한창 바쁜 일을 하고 있는 가운데서도 전화벨이 울리자 나는 직감적으로 매우 불안해졌다. 설마, 아니겠지. 마음을 가다듬으며 수화기를 받았지만 나의 직감이 옳았는지 전화선 저쪽 편에서는 사촌형의 죽음을 알려오고 있었다.

도저히 안정이 되지 않는 심장으로 간신히 운전을 해 나는 일산의 국립 암 센터로 갔다. 이상하게도 다 성장해 버린 후가 아닌 시골 논두렁을 나와 함께 뛰어다니며 놀던 어린 시절의 사촌형의 얼굴이 스쳐지나갔다.

이렇게 쉽게 가버리는 것이 인생이었던가. 참으로 허무한 것이 사람 사는 것이라더니 그 말이 틀린 말이 아니었나 보다. 남자는 일생에 단 세 번 운다고 했던가. 목구멍 저 아래에서부터 무언가 울컥 올라오는 것을 간신히 참으며 나는 이 말을 생각했다. 나까지 그곳에서 눈물을 보이면 다른 가족들이 어떻겠는가.

그러나 나는 남자의 일생의 단 세 번의 눈물이라는 말에 등장하는 숫자를 슬며시 네 번으로 바꾸어 놓고 말았다. 간신히 눈물을 참고 고개를 들었을 때 사촌형의 고만고만한 세 아이들의 눈과 마주치고 말았고 나는 간신히 참았던 눈물을 왈칵 쏟아내고 말았던 것이었다. 눈물을 참을 수 없게 만들었던 사촌형의 세 아이들의 눈빛은 죽음이 무엇인지, 세상이 무엇인지 아무것도 모른 채 그저 해맑기만 하였다.

앞으로 이 험한 세상을 아빠도 없이 어떻게 헤쳐 갈까. 어리고 순수하기만 한 아이들의 미래에 그림자가 지지는 않을까. 나는 다시 고개를 들어 아이들의 얼굴을 볼 자신이 없었다. 짧지 않은 형의 투병 생활 동안 이미 마음의 준비는 하였건만 형의 죽음을 맞닥뜨리는 이 순간 아이들의 순수한 눈망울을 마주하리라고는 생각지 못했었나 보다. 나는 필연적으로 나의 두 딸 정현이와 소현이를 생각하지 않을 수 없었다.

내 아이들의 나이, 이제 겨우 여덟 살, 네 살. 삶은 동전의 양면과도 같은 것, 내가 이렇게 숨쉬고 살아 있는 순간에도 시시때때로 죽음은 내 곁을 스쳐지나가고 있을지도 모르는 것이다. 형의 죽음은 내게도 올지 모르는 죽음의 존재를 각인시켜 주었고 덩달아 형의 세 아이들의 얼굴 사이로 내 어리디어린 두 딸들의 얼굴을 어른거리게 만들었다.

　내가 만약 불의의 사고라도 당한다면 내 딸들은 어떻게 할까? 생각하기도 싫은 일들이었지만 나는 형과 형의 아이들에게 감정이입을 하지 않을 수 없었다. 마치 보험처럼 나는 내 아이들을 위해 무언가를 준비해야겠다는 생각이 들었다. 인생의 양면을 올곧이 생각해야만 제대로 된 인생을 살 수 있는 법이다.

　죽음을 염두에 두지 않는 삶은 반쪽의 인생일 뿐이다. 나의 딸 정현이, 소현이의 어린시절 아빠의 모습은 그저 바쁘게만 뛰어다니는 모습으로 기억될지 모르겠지만 나는 언제나 내 딸들에게 든든한 후원자요, 자랑스러운 아빠가 되고 싶다. 세상의 그 어떤 값진 보석과도 바꿀 수 없는 내 사랑스러운 딸들에게 아빠의 흔적들을 고스란히 보여주고 싶은 마음이다.

　어디에 내놓아도 떳떳한 아빠, 자랑스러운 아빠가 되어야 하지 않겠는가. 책상머리에서 딴 짓을 하다가 아내에게 꾸중을 듣는 아이들의 모습은 어린시절 충남 강경에서 한문 공부를 하다 매미소리에 한눈을 팔았다고 할아버지에게 호되게 꾸지람을 듣는 나의 어릴 적을 떠올리게 한다. 이 아이들 역시 내가 세상에 남긴 것 중 하나이다.

서른여덟의 짧지도, 길지도 않은 삶을 살면서 나는 무엇을 했고 앞으로 무엇을 할 것인가. 이제 나는 내 인생의 중간지점을 막 통과하고 있을지도 모른다. 딱 반절의 지난 일을 정리하는 것이 아마도 딱 반절의 앞날을 준비하는 일의 가장 중요한 일이 되지 않을까 생각하고 있는 중이다.

나를 꼭 닮은 아이들에게 나의 딱 반절의 지난 생을 고스란히 바친다. 앞으로 세상을 살아가면서 수없이 힘들고 어려운 일을 겪을지도 모르지만 내 사랑스러운 딸들에게 내 시선으로 바라본 세상과 나의 경험을 건네는 것이 틀림없이 세상에 대한 커다란 방패막이 되어 줄 수 있으리라 믿는다.

2003년 깊어가는 가을에
서초동에서 아빠가

1

아빠의 그 시절

주먹대장 소년의 꿈

집에 조금 늦게 들어가게 될 것 같다고 전화를 했더니 아내가 조금 화가 나 있다. 왜 그러냐고 물었더니 정현이가 엊그제 풀었던 문제를 다시 푸는데 어떻게 푸는지 잊었다는 것이었다.

아이들이 뭐 그럴 수도 있지 하고 아내를 달래려는데 아내는 정현이가 열심히 숙제를 하지 않고 딴청 피우다가 가르쳐준 문제를 결국 틀리는 것을 옆에서 직접 보고 있자니 답답해졌던 모양이었다. 예전에는 그냥 선생님들에 대한 특별한 생각이 없었는데 두 딸, 정현이와 소현이를 키워보니 아이들을 가르치는 것은 선생님들의 고유한 일이라는 생각이 부쩍 든다.

남은 가르쳐도 자기 자식은 못 가르친다고 아이들 숙제만 봐주는데도 보통 인내심을 필요로 하는 게 아니다. 간간이 소현이와 함께 퍼즐을 하고 놀거나 정현이 숙제를 도와줄라치면 어찌나 피곤해지는지 내 자식이니까 그렇게 놀아주고, 공부 봐 주지 남의 집 애들이면 어떻게 그렇게 하나 싶다.

게다가 정현이는 학교에 들어가서 숙제다, 뭐다 하면서 하는 일들이 부쩍 많아져서 부모로서 얼마나 신경이 쓰이는지 모른다. 다행히 아내가 아이들의 일을 알아서 척척 해 주니 참으로 고맙다.

내가 시간이 날 때는 하기도 하지만 정현이의 숙제와 공부는 거의 아내의 몫이다. 집에 들어가면 망아지 같은 정현이를 아내가 책상에 붙들어 놓고 숙제를 시키고 있는 모습을 종종 볼 수 있는데 아마 아내가 전화로 볼멘소리를 했던 것도 그때쯤이었나 보다.

정현이가 말을 안 듣는다고 성질이 나 있는 아내에게는 참 미안한 이야기지만 아내와 정현이가 숙제 때문에 같이 씨름하고 있는 모습은 정말 재미있다. 문제를 잘 보라고 지적하는 아내에게 정현이는 꼭 딴 소리를 한다. 갑자기 창 밖에 이상한 것을 봤다는 둥, 재워둔 소현이가 무슨 소리를 냈다는 둥 이상한 소리를 뻑뻑 해 댄다.

뿐만 아니라 문제를 설명해 주는 제 엄마에게 문제가 잘못되었다는 둥, 이런 것은 이렇게 고쳐야 한다는 등의 이야기를 해서 아내가 적잖이 당황하는 적도 있다. 자식 낳아 놓고 보니 나도 팔불출이 되었는지 그런 모습을 보면 어떤 때는 내 딸들이 천재가 아닌가 싶기도 하고 어떤 때는 저러다가 공부를 제대로 잘 할 수 있을까 하고 조바심이 나기도 한다.

"어쩜, 어쩜 정말 똑같아."

정현이 공부하는 모습을 보며 어머니나, 아내나 모두 같은 말이다. 아내는 무슨 말을 나에게 막 하고 있을 때 내가 그 말을 듣지 않고 딴청을 피우거나 하는 모습이 정현이가 딴청 피우는 모습과 겹쳐 보이는 모양이다.

정현이, 소현이 모두 내 딸들이니 나를 닮은 것은 당연한 것이지만 이제 이 학년이 된 정현이가 책상에 앉아 공부하는 모습에서 유독 나의 습관이나 행동 같은 것들이 나타난다. 처음에는 그다지 의식을 하지 못했는데 어머니, 아내 모두 그런 말들을 자꾸 하니 나도 정말 그런가보다 하고 있다. 그러고 보니 어릴 때 할아버지와 함께 공부하는 나의 모습이 자꾸 떠오른다.

나는 어릴 적 충남 강경에서 나고 자랐다. 어머니와 아버지는 서울에서 덧신 공장을 하며 바쁘게 지내시고 나는 큰누나와 함께 강경에서 할아버지와 할머니 밑에서 살았다.

할아버지께서는 나에게 한문이나 한글, 주판, 산수 등을 가르쳐 주시곤 했다. 어릴 적 나도 내 딸 정현이하고 똑같이 딴청을 피운다고 할아버지에게 꿀밤을 맞곤 했었다. 나도 공부를 하다가 대뜸 문제가 이상하다는 둥, 바깥에 누가 온 것 같다는 둥 하는 쓸데없는 말들을 늘어놓기가 일쑤였다.

딸 넷에 아들 하나인 내가 손자로서 얼마나 귀여웠을까마는 할아버지는 꾸중을 아끼지 않으셨다. 공부하는 중간에 꾸중을 많이 들어 내가 서러워하거나 시무룩해져 있으면 할아버지는 어김없이 허리춤에 감추어 두었던 쌈짓돈을 꺼내 먹고 싶은 게 있으면 사먹으라고 주시곤 했다.

그러고 보니 어릴 적의 강경은 참 좋은 곳이었다. 기다랗게 놓여 있는 철둑길이 어디까지 이어져 있나 나는 언제나 궁금했었다. 철둑길을 따라 가면 엄마가 있는 서울이 나올까 생각했었다.

지금도 눈을 감으면 아련하게 떠오르는 강경역 철둑길 너머 빠알갛게 노을이 물들어 오면 어린 마음에도 그것이 얼마나 아름다웠는지 모른다. 말썽꾸러기였던 내가 말도 없이 해질녘에 철둑길을 바라보고 있으면 할아버지는 꼭 불러다가 사탕을 쥐어 주시곤 했다. 아마 할아버지도 어린 손자의 마음을 다 알고 계셨던 모양이다.

할머니는 엄마를 그리워하는 어린 손자가 안쓰러워 언제나 나를 따뜻하게 품어 잠을 재워주셨다. 그렇게 잠이 들었다가 무서운 꿈을 꾸어 눈을 떠 보면 할머니는 안 계시고 없었다. 어둠이 무서워 소리를 내서 울면 어디선가 할머니가 휙 나타나서 달래주시곤 했다. 지금 생각해 보니 할머니께서는 나를 재워두고 옆집으로 마실을 가셨던 것인데 어린 내가 불안해하니 잠시 화장실에 다녀오신 척하신 거였다.

정현이와 소현이가 나를 쏙 빼닮았다는 말을 어머니가 하실 때면 이런 이야기들을 아이들에게 해 주고 싶은데 정현이와 소현이 모두 아직은 마실이 무엇인지도 모른다. 그러니 아빠가 하는 일을, 아빠의 생각을 이해해 달라고 하기에는 아직은 너무 어리지 싶다.

천방지축 귀엽기만 한 정현이, 소현이가 우리 집안의 두 말괄량이 삐삐라고 한다면 나는 어릴 적 만화에 나오는 주먹대장이었다. 아직 어린아이지만 온 몸이 튼튼하고 특히 오른팔은 튼튼한 근육질에 커다란 주먹이 있어서 나쁜 놈들을 쓱싹 해치우는 만화 속의 주먹대장처럼 나는 팔다리가 튼튼했다.

아마 워낙 시골 논밭을 넘나들며 뛰어다녀서 튼튼해졌던 모양이다. 어디든 훌쩍훌쩍 뛰어 넘으면서 개구리를 잡으러 다니려면 개구리보다 더 튼튼한 다리가 필요했는지도 모른다. 뿐만 아니라 초등학교도 들어가지 않은 쪼그만 어린애가 동네와 동네 사이를 넘나들며 친구들과 콩서리를 하러 다닐 정도였다.

"저 녀석 육사에 보내도 되겠다."

어찌나 튼튼한지 어른들이 나를 보면 그런 말씀을 하셨다. 나는 육사가 뭔지도 모르면서 끄덕끄덕 하곤 했다. 사실, 나는 내가 튼튼하다는 것을 잘 알지 못했었다. 워낙 또래 아이들도 나와 비슷했고 논과 밭, 강 가릴 것 없이 여기저기 잘 뛰어다니지 못하면 친구들과 어울릴 수 없었기 때문이었다.

그런데 막상 초등학교 입학할 무렵 서울에 와서 보니 다른 아이들에 비해 내가 무척이나 건강한 편이었다. 풀쩍풀쩍 시골길을 뛰어다니면서 놀던 까무잡잡한 강경 촌놈이 서울 샌님들과 함께 노니 서울 녀석들의 체력이 내 체력에 훨씬 미치지를 못했다.

나는 어머니, 아버지가 계신 동네로 온 지 얼마 되지도 않아서 모든 골목을 평정했고 아이들은 나에게 덤비지를 못했다. 아내가 이런 소리를 들으면 눈을 흘길지 모르겠지만 그 시절 나는 여자아이들에게도 인기가 참 좋았다.

여자아이들이 고무줄을 하고 놀 때면 어김없이 남자아이들이 연필 깎는 칼을 들고 나와 고무줄을 휙 끊고 달아났는데 나는 그 녀석들을 잡아다 혼내주기도 하고 모른 척하며 도망가는 아이들의 발을 걸고 했었다. 그러니 여자아이들은 나더러 정의의 주먹대장, 육백만 불 준선이 하며 좋아할 수밖에. 여자아이들이 나를 그렇게 말해 주니 내 딴에도 으쓱해서 나는 완전히 우리 동네에서 골목대장 겸 정의의 사도였다.

초등학교에 입학하고 겨우 한 학기 배봉초등학교를 다니다가 이사로 답십리초등학교에 간 이후에도 상황은 비슷했다. 한 반에 팔십 명이나 되는 바글바글한 과밀 학급에서 선생님의 관심도 못 끌고, 그렇다고 해서 집안에서 이렇다 할 관심을 끈 것도 아니었다.

아이들에게 일일이 신경을 쓰기에는 아버지, 어머니는 너무 바쁘셨다. 나는 그저 친구들과 놀고 쌈박질하는 것이 일이었다. 언제나 나는 여자애들과 약한 아이들을 구해주는 정의의 사도 슈퍼맨이었고 못된 짓을 하는 애들은 나한테 혼이 났다. 그 시절에는 그것이 항상 내 최고의 자존심을 걸 만한 것이었는지 약한 애들 괴롭히는 꼴을 보지 못했다.

아마 그래서 어릴 때부터 검사가 되어야겠다고 생각했었던 모양이다. 내가 이, 삼 학년 때였던가? 텔레비전에서 수사반장을 방영하기 시작했는데 그것을 보다 보니 완전히 내가 하고 싶은 일이었다. 나쁜 사람들을 혼내주고, 꼭꼭 숨겨 두었던 나쁜 일을 파헤치는 일들. 아, 바로 저거다!

"저런 일을 하려면 어떻게 해야 돼요?"

어른들에게 수사반장을 보면서 물어보니 경찰이 되거나 검사가 되면 할 수 있다고 나에게 이야기해 주었다. 검사는 나쁜 사람들을 잡아다가 재판도 할 수 있다더라. 이런 저런 이야기를 들어보니 나는 꼭 미래에 검사가 되어야겠다는 생각이 드는 것이다. 그 때부터 나는 검사의 꿈을 키우기 시작했다.

내가 여자 형제들 틈에서도 건강하고 남자다운 성격을 지녔다고 육사에 가지 않겠냐고 어른들이 유혹을 해서 잠시 흔들린 적도 있었지만 초등학교 고학년이 되면서 눈이 급속도로 나빠져서 자연히 육사는 포기하고 계속 검사만을 꿈꾸게 되었다.

그 어릴 적의 작은 계기가 나를 여기까지 이끌어 왔다는 것을 생각하니 참 묘하다는 생각이 든다. 어쩌면 정말로 운명이라는 것이 있는지도 모르겠다.

그러고 보니 오늘은 집에 들어가면 정현이와 소현이에게 커서 뭐가 되고 싶으냐고 다시 한번 물어봐야겠다.

이 녀석들 며칠이 멀다 하고 꿈이 수시로 바뀌지만 간절히 바라는 그 무엇인가를 스스로 깨우칠 수 있도록 아빠로서 이끌어 줄 생각이다. 어린 시절의 작은 계기가 성인 이후의 삶까지 좌지우지할 수 있다는 것을 나 스스로가 증명하고 있지 않은가. 아, 정말 아이들 꿈이 무엇인지 물어봐야 되겠는걸.

권력은 짧고 우정은 영원하다

 공부와 담을 쌓고 지내던 초등학교 시절과는 달리 중학교에 입학하자 나는 서서히 공부에 눈을 뜨기 시작했다. 이리저리 친구들과 구르고 뛰고 하던 어린 시절에서 훌쩍 넘어가 공부는 무척 솔직하다는 것을 깨닫기 시작한 시절이었다.

 어찌 생각하면 공부는, 열심히 노력하면 좋은 성적을 받는다는 매우 단조로운 공식이지만 그것을 깨우치고 그 공식을 머리와 가슴에 익힐 때까지는 그리 단조로운 과정은 아닌 것만 같다. 한 반에 여든 명이나 되는 교실이 열여섯 개씩 엮여 있는 중학교에 들어가면서 처음 일 등을 해 본 것은 솔직히 우연인 것처럼 느껴지지만 그것은 열심히 공부한다는 것이 좋은 성적과 직접 맞닿아 있다는 것을 깨우치는 결정적인 계기였다.

 구르고 뛰고 말썽 부리던 나의 초등학교 시절을 알 턱이 없는 중학교 선생님들과 학우들은 이제 막 공부의 재미를 깨우쳐 가고 있는 나를 학급에서 제일가는 모범생으로 여기는 것이 당연했는지도 모르겠다.

"너는 우리 반 일등이다. 네가 전교에서 몇 등을 하느냐가 우리 반의 자존심이다."

나는 담임선생님의 그런 기대가 어리둥절하기만 했으나 선생님의 흐뭇한 시선과 학우들의 부러움이 그리 나쁘지만은 않았다. 어느새 나 역시 그러한 시선과 부러움이 꽤 자연스럽게 여겨졌고 그 기대만큼 나는 꽤 열심히 공부를 했다.

"그러면 준선이가 반장 하는 거다."

중학교 입학 후 첫 시험에서의 성적으로 반에서 일 등부터 십 등까지 교장실로 불려 나갔을 때 교장선생님은 그 중 누가 반장을 했으면 좋겠냐고 물으셨다. 일종의 교황식이었다. 추기경들이 추기경단을 만들어 그 중에 한 명을 교황으로 선출하듯이 반에서 공부 잘하는 녀석들을 모아 그 중에 반장으로 자질이 있을 것 같은 아이를 추천받아 반장으로 선출하는 것이었다.

반장이 되었으면 좋겠다고 생각하는 아이를 손가락으로 지목하라는 교장선생님의 말씀이 떨어지자 아이들은 모두 쭈뼛쭈뼛 손가락으로 한 명씩 가리켰다. 마치 화살표를 받으면 다른 누군가에게 다시 화살표를 던지는 것처럼 지목받은 아이는 다른 아이를, 또다시 그 지목을 받은 아이는 다른 아이를 지목했다.

나 역시 누군가 다른 아이를 지목하며 검지로 명확하게 가리키는 순간 나에게 손가락 네 개가 향해 있었다. 역시, 나의 개구쟁이 초등학교 시절은 깜깜하게 모르고 그저 일등의 이미지로만 선명했던 아이들이 나를 손가락으로 가리키고 있었다. 나는 나 스스로를 불의를 못 참는 '정의의 사도'로 생각하고는 있었지만 나를 반장으로 지목하는 아이들에게 슬쩍 무안한 미소를 보냈다. 당시를 생각해봐도 나 자신을 '정의의 사도'라고 생각하는 괴짜이긴 했지만 내가 반장이 될 것이라고는 생각하지 못했기 때문이었다.

요즘 아이들이나 대학생들은 이문열의 '우리들의 일그러진 영웅'이나 전상국의 '우상의 눈물' 같은 소설들이 그저 현실 안에 존재하고 있는 권력 관계를 교실 안에 그대로 축소판을 만들어 놓은 그럴듯한 적용, 내지는 삽입쯤으로 생각하고 있는 것 같다.

그러나 나에게 그 소설들은 아주 리얼한, 픽션이 그다지 많이 개입되지 않은 다큐멘터리처럼 간간이 추억될 때가 있다. 담임선생님과 교장선생님은 나에게 엄석대의 역할을 기대하고 있었다. 우리들의 일그러진 영웅에 등장하는 독재자 엄석대. 철도 없고 세상도 모르던 나는 그 역할과 권력이 응당 내게 주어지는 것이고 반을 통솔하기 위해서는 그러한 권력이 반드시 필요한 것이라고 생각했다.

아니, 그것이 필요한 것인지, 필요 없는 것인지에 대해 내 머릿속에서 가치 판단을 내리기 전에 담임선생님과 교장선생님은 물론, 다른 반의 반장들과 선배들, 모든 학교의 시스템은 고정되어 있었고 나는 그것을 그대로 답습하게 되었다. 선생님이 계시지 않을 때에는 반장이 선생님의 역할을 대신했고 아이들도 반장의 말에 순종하는 것을 당연하게 여겼다.

반이 잘못되면 그것은 오로지 반장의 책임으로 교장실에 끌려가서 반장이 대표로 종아리는 물론 가끔은 슬리퍼로 뺨을 맞기도 했다. 그만큼 반장의 역할이 컸고 그것은 누릴 수 있는 권력 역시 그 반대급부로 많았다는 것을 의미하는 것이기도 했다. 교장선생님의 권위는 담임선생님을 거쳐 반장에게로 흘러 들어갔고 반장은 그 권위를 등에 업고 아이들을 통솔할 수 있었다.

이런 분위기는 반 전체 아이들과 반장 간에 보이지 않는 위계서열의 막을 만들어 내고 있었다. 나는 부반장이나 선도부장 같은 아이들과만 어울리고 다른 아이들과는 거의 놀지도 않았다. 아니, 놀지 못했다는 편이 더 적절한 표현일 것이다. 반 전체의 분위기를 흐리는 녀석은 선생님 권한을 대행하고 있는 반장인 내가 혼낼수 있었기 때문에 아이들은 나를 쉽게 대하지 못했다.

선생님들이 요구하는 역할을 충실하게 수행하지 못하는 반장은 슬리퍼로 뺨을 맞을 각오도 되어 있을 만큼 막중한 역할과 책임, 그것을 알고 확실한 위계서열의 끈을 각인하고 있었던 아이들은 교장선생님의 슬리퍼 앞에 반장을 내세웠고 그에 대한 대가로 내

말에 대한 순종, 선생님을 대신한 나의 체벌에 순응을 내바쳤다. 우리에게는 모두에게 같은 무게로서의 인간의 존엄성이 존재하고 그것을 어떠한 기준으로도 서열 매김할 수 없다는 것을 미처 알지 못했던 어린 소년에게는 그 권위는 당연한 것이었다.

그때가 박정희 정권 시절이었다. 그때는 미처 알지 못했지만 그 것은 박정희 정권 시절의 권위주의가 학교 안에 그대로 녹아들어 있었던 문화였다. '우리들의 일그러진 영웅'에서처럼 우리 반은 당시 우리나라의 사회상을 그대로 반영해 주는 일종의 축소판이 었다. 마치 전체가 부분을, 부분이 전체를 담고 있는 프렉탈처럼 말이다.

박정희 전 대통령이 타계하자 학교 안에도 서서히 변화의 바람 이 불기 시작했다. 반장의 권력이 당연하게 여겨지던 중학교 일 학년 아이는 삼 학년이 되면서 새로운 바람 속에서 새로운 깨달음 을 얻어가기 시작했다. 여전히 나는 반장이었지만 더 이상 아무런 권위도 없었다. 엄중하기만 했던 교장선생님의 권위가 가벼워졌 고 그에 따라 선생님들도 무척 가벼워졌다. 더 이상 전체주의적 사고는 유효하지 않았으며 나 역시 반을 제대로 통솔하지 못했다 고 따귀를 맞는 일은 없었다. 책임도, 권위도 모두 다 가벼워졌다.

"야, 준선아. 난 네가 이런 애인 줄 몰랐다."

중 삼이 된 지 한참 지나자 삼 년 내내 같은 반이던 녀석이 나에게 불쑥 말을 꺼냈다.

"뭐가?"

무슨 뜻인지 몰라 한참 그 애의 눈 속을 들여다보고 있자 녀석은 호탕한 웃음과 함께 대답했다.

"야, 이 반장 놈아! 일 학년 때는 네가 얼마나 무서웠는지 알아? 너 그 때 말이야, 박달나무로 우리 체벌하고 그랬었잖아. 성격이 변하니까 기억력도 나빠지는 거냐?"

나도 녀석의 호탕한 웃음을 따라 웃었지만 내심 감정이 미묘해졌다. 일 학년 때에는 그 친구와 거의 말도 없이 지내던 관계였다. 그 녀석 겉으로는 반장의 권위에 도전하지 못했겠지만 속으로는 같은 학생의 입장에서 자신을 매로 다스리는 내가 원망스럽기도 했을 것이다. 한편으로는 내 성격은 변한 것이 없는데 시스템이 변화함에 따라 나의 모습과 진심도 다르게 비추어질 수 있다는 것이 못내 나를 진지하게 만들었다.

"선생님보다도 네가 더 무서워서 학교 나오기가 싫었다니까."

농담인지 진담인지 녀석이 나를 툭툭 치면서 이야기했다.

"그래도 나 괜찮은 친구 아니냐?"

"그래 자식아! 네가 이런 놈인 줄 몰랐다니까!"

한편으로는 미안한 마음으로 내가 묻자 친구는 내 어깨에 손을 올리며 말했다. 내 어깨에 올라 있는 녀석의 팔은 한없이 가볍기만 했다. 이미 내 어깨 위에는 반장으로서의 무게가 사라지고 없었기 때문이었을 것이다.

권력은 때때로 매우 편안한 것이다. 그러나 권력에 따르는 책임은 언제나 무거운 법이다. 때때로 권력은 너무나 편안한 것이기 때문에 무거운 책임은 잊어버리고 그 달콤함만을 취하려 할 수 있다. 너무나 많은 정치가와 권력가들이 그 달콤함만을 기억하고 권력을 독점해 왔다.

그러나 그 영향력과 후유증은 상상보다 더 구체적이고 폭넓은 것이 될 수 있다. 권력의 이익과 책임은 함께 짊어져야 하는 것이다. 비록 채 다 벌어지지 않은 중학교 삼 학년의 어깨 위로 얹어진 것은 권력이 나누어졌을 때 전체의 시스템은 자유로워질 수 있다는 깨달음이었다. 최대의 행복과 최대의 자유의 교집합 속에는 결코 권력의 독점이 포함될 수 없다.

내가 반장의 권력을 잡은 대신 친구들의 진심을 얻어내지 못했다면 과연 우리 중 행복할 수 있는 사람이 있을까? 권력을 독점하고 있었던 반장이었던들 말이다. 어디서 무언가를 대표하는 자리에 있게 되었을 때 사람들을 이끌 수 있는 가장 효과적인 방법은 그들의 진심이 무엇인지 알고, 그 진심을 얻어내는 것이다. 이것을 깨닫지 못한 독재자들이 얼마나 많았던가.

아직도 내 어깨에는 친구의 우정어린 손의 온기가 느껴지는 듯

하다. 그 손의 온기는 내게 어떤 것을 행함에 있어 그 목적도 중요
하지만 그것이 과연 무엇을 위한 것인지를 다시 되돌아보게 한다.

나는 태양집 아들

　고등학교 시절을 회상하면 그저 떠오르는 단어는 잿빛이라는 단어밖에는 없는 것 같다. 입시 지옥은 그 때나 지금이나 매한가지였다. 대입의 초조함으로 하루하루를 빠듯하게 공부하는 입시생의 마음의 촉박함이야 다른 그 누구의 마음과 비교가 되겠느냐마는 수능으로 바뀐 요즘은 그래도 예전 세대들보다야 더 다양한 교과 외의 것들을 공부할 기회가 있는 것처럼 보인다.

　내 딸들도 앞으로 입시 제도를 경험하겠지만 내가 고등학교 때만 해도 모든 과목을 줄줄 외다시피 해서 시험을 준비하곤 했던 시절이었다. 지금 되돌아보면 나는 형제들에게 참으로 얄미운 존재였지 않았나 싶다. 일남사녀 중 한가운데 떡 자리를 잡고 있는 아들. 아들 귀한 집안에서 할아버지, 할머니에게 나는 둘도 없이 소중한 떡두꺼비 손자였다.

　시골에서 생선 반찬은 귀하디귀해 함부로 젓가락을 대지도 못하는데도 할머니는 살이 두툼하게 오른 중간 부분을 발라 내 숟가락 위에 떡 얹어 주곤 했다. 누나들도 누나들이지만 나보다 어린 동생들은 오빠 숟가락 위에 올라 있는 허연 생선에 부스러기 조각 하나 떨어지지 않나 애타게 바라보곤 했었는데 나는 슬그머니 미안해지다가도 할머니가 어서 먹으라고 등을 토닥거려주면 애써 눈길을 외면하고 훌떡 입에 넣었었다.

그게 미안해 가끔 할아버지께서 감추어 두셨다가 누나나, 여동생들 몰래 꺼내 나만 주곤 했던 사탕을 바지춤에 숨겨 두었다가 동생에게 갖다 주기도 했지만 여전히 미안한 마음은 사라지지 않았다. 게다가 고등학생이 된 나는 여동생들에게 공부 한번 제대로 가르쳐 준 적 없는 무심한 오빠였다.

공부라는 것이 집안의 분위기도 중요해서 집안의 장남, 혹은 장녀가 끈덕진 집중력에 몇 시간이고 앉아서 공부하는 모습을 보여주면 동생들도 그런 형, 누나의 모습을 보고 공부란 것이 이런 것이구나, 느끼고 배워 공부 방법이나 공부를 대하는 태도, 미래에 대한 설계가 좀 더 구체적이고 명확해지기 마련인데 동생들에게 미안하게도 나는 그런 모습조차 제대로 보여주지를 못했다. 매일 매일 책상머리에 붙어서 공부를 하기보다는 나는 집에서 언제나 동대문 시장에 덧버선을 만들어 납품하는 태양집 아들일 뿐이었다.

학교에 다녀오면 가방을 내려놓기가 무섭게 천에서 떨어져 나온 자잘한 섬유 먼지가 뿌옇게 올라오는 방으로 들어가 덧버선의 모양을 잡고 안에 모양을 유지하기 위한 각대기를 끼워 넣고는 열두 개를 모아 한 다스로 묶는 일을 했다. 지하실에서 덧버선을 재단하고 재봉틀질을 하는 부모님에게 나는 일꾼 한 명의 몫을 톡톡히 해 냈었다. 한눈도 팔지 않고 학교가 파하면 서둘러 집에 들어가 부모님의 일을 돕는 나를 동네에서는 효자라고 칭찬도 했다. 그러나 지금 와서 돌이켜 보면 동생들에게는 한없이 미안하기만 하다.

집에서는 단 한번도 제대로 공부하는 모습을 보여주지 않는 오빠, 그저 고등학교 시절의 오빠는 허연 먼지를 교복 위에 얹고 머리카락에는 하얀 실밥을 붙여 가며 말없이 덧버선 한 다스를 묶는 모습으로만 기억되지 않을까. 가끔 동생들의 입에서 그 때의 모습을 회상하는 말이 나오면 효자 아들의 자랑스러움보다는 공부하는 모습을 보여주지 않은 오빠의 모습으로 동생들의 마음에 각인된 것이 한없이 미안해 말문이 막혀 버린다.

동생들이 보기에는 제대로 공부를 하지 않고도 학교에서 줄곧 일 등만 하던 오빠였지만 사실 나는 죽자 사자 공부에 매달리는 편이었다. 그저 주어진 것만 가지고 공부를 하던 중학교 시절의 공부 방식은 중학교 시절에만 유효한 방식이었다는 것을 말해주기가 무섭게 나는 이런저런 참고서를 찾아다니며 파헤쳤다.

누군가가 대학 갈 때 좋은 시험 성적을 얻으려면 성문 종합 영어를 몇 번을 떼야 한다더라, 수학 정석을 몇 번 풀어봐야 한다더라 하는 말을 철석같이 믿고 책장이 날금날금 해질 때까지 책을 손에서 떼지 않았다. 순진한 것인지, 나름의 의지가 강했던 것인지 사당 오락이라는 말이 내게 무겁게 다가오자 나는 고등학교 시절 내내 네 시간의 수면시간을 유지하면서 공부를 했다.

잠이 별로 없으신 할아버지는 피곤에 곯아떨어져 있는 손자를 손수 깨워 주셨고 새벽 공부를 하고 있는 동안 내 뒤에서 잎담배를 말아 피우면서 든든하게 공부하는 나의 뒷모습을 지켜봐주시고는 했다. 아침해가 올라오고 동생들과 부모님들이 일어나기 시작하면 서둘러 아침을 챙겨 먹고 학교로 나오는 길의 그 만족감이란 이루 말할 수 없었다. 푸른빛이 어스름한 답십리의 새벽을 가르며 학교로 향할 때의 자신감이란 그 누구의 것과도 비교할 수 없었다.

학교에서 돌아와 부모님의 일을 돕지 않는 시간에는 책을 싸매들고 동네 언덕배기 위에 있는 독서실로 향했다. 독서실 근처 어디에 있는지도 모르는 빵 공장에서 아카시아 꽃의 달콤한 냄새처럼 빵 냄새가 바람결을 타고 코끝을 괴롭히던 것이 무뎌질 때까지 밤이 늦도록 그곳에서 공부를 했었다. 그러니 동생들 앞에서는 단 한번도 제대로 공부하는 모습을 보여줬을 리가 만무했던 것이다.

동생이 잠들어 있는 새벽이나 늦은 밤에 내가 남들이 보기에도 무섭도록 공부를 했던 것을 짐작이나 했을까?

내가 그렇게 열심히 공부를 했던 이유는 기어코 마음먹은 것은 해 내고야 마는 뚝심으로 다져진 일념에서였다. 나는 꼭 법대에 가리라. 법대에 가서 꼭 검사가 될 것이다. 밤늦게까지 공부를 마치고 밀려드는 피곤으로 곯아떨어지면 누가 업어 가도 모를 만큼 깊이 잠이 들었지만 나를 깨우는 새벽녘 할아버지의 손기척에 놀라 일어나면 어릴 때 텔레비전 앞에서 마음을 뺏기고 말았던 드라마 '수사반장'의 한 장면을 꿈꾸고 있었다는 것을 어렴풋이 깨닫기도 했었다. 열심히 공부해서 검사가 되리라! 막연하게 검사가 되고 성공하게 되면 부모님도 이런 고생을 더 이상 하지 않아도 될 거라는 생각이 들었다.

직업에 귀천이 있을까마는 섬유 먼지가 가득한 탁한 공기를 마셔 쿨럭쿨럭 거리시는 부모님이 나는 그저 안타까웠다. 덧버선 뭉치를 들고 정신없이 동대문으로 향하시는 어머니의 모습을 보고 나면 가슴이 답답해져 왔다. 부모님들은 언제나 바쁘셨기 때문에 나를 비롯한 다른 누이들 모두 할아버지, 할머니의 손에 자랐었고 초등학교, 중학교를 거쳐 고등학교를 다닐 때까지 어머니는 내 숙제 한번 들춰보지 못하셨다.

나는 꽤 조숙했었는지 어린 시절에도 그것이 서글프거나 원망스럽지는 않았다. 부모님이 탁한 먼지와 힘든 노동을 감내하시면 서까지 그토록 열심히 일을 하셨던 것은 오로지 나와 내 누이들을 뒷바라지하기 위해서라는 것을 나는 잘 알고 있었기 때문이었다. 다만 당신들이 휴일 한번 없이 일하는 모습이 내게는 그저 안타깝 기만 했다. 부모님의 이마에서 땀방울이 마를 날도 없이 일을 하 시는 것을 목격하면 할수록 나는 내가 부모님의, 할아버지 할머니 의, 누이들의 희망이고 기대라고 느꼈다.

나를 위해서 저리도 열심히 일하시는 것이지. 그것은 때때로 은 근한 부담이었다. 거기에 내가 공부를 열심히 하지 않으면 나의 미래도 섬유 먼지가 가득한 탁한 먼지 구덩이 방에서 계속될지도 모른다는 불안함마저 더해졌다. 아침 공부를 마치고 느꼈던 뿌듯 한 마음에서 비롯된 자신감은 저녁 무렵 덧버선을 한 묶음씩 묶다 보면 어느새 슬그머니 꽁지를 내리고 사라져 있었다. 대신 그 자 리에는 부담감과 불안감이 마음을 답답하게 했다.

그럴 때면 중랑천까지 나가 강변을 달리고는 했다. 얼굴을 때리 는 강바람이 시원하게 머리를 식혀 주면 그 탁 트인 느낌이 가슴 과 뱃속까지 내려가 답답한 마음을 풀어주었다. 혀끝이 아릴 만큼 숨이 차게 달리고 나면 목구멍이 뻣뻣해지는 갈증은 어느새 공부 에 대한 갈증으로 변해 있었다. 그렇게 한껏 달리고 나면 다시 나 는 불안감을 잊고 목마름을 해소하듯이 꿀떡꿀떡 글자들을, 문제들을 삼켜 나갔다. 미래에 대한 불안과 할 수 있다는 자신감 사이를 곡예 넘듯 몇 번이고 왔다 갔다 하는 동안 나는 오히려 더 공부에 몰입할 수 있었다.

아마도 부모님의 땀방울이 스며들어 있는 덧버선에 붙어 있는 태양표가 안타깝기도, 불안하기도 했지만 어쩌면 내 안에 가장 깊은 곳에 자리 잡고 있었던 강력한 엔진이었는지도 모른다. 동네 아주머니들이 나를 불렀던 애칭과도 같았던 별명, '태양집 아들'은 그렇게 나를 자극하였고, 그렇게 나를 키워나가고 있었다.

가짜 졸업식

  고등학교 때 지치도록 공부한 덕분에 나는 원하는 대학교에 원하는 학과를 갈 수 있었지만 합격 이후에는 학교에 충실하지는 못했다. 고등학교 시절 내내 하루에 네 시간 정도밖에 잠을 이루지 못하며 새벽 공부를 했던 것이 몸의 기운을 다 빼낸 탓이었는지 나는 언제나 지쳐 있었다. 젊은 혈기로 버티고는 있었지만 그야말로 젊기 때문에 가능한 것이었다.

  그 때는 모든 일에 그렇게 의욕이 없고 쉽게 지쳤는지 명확하게 알 수 없었는데 돌이켜 보니 이유는 단 하나 건강 때문이었다. 게다가 내가 85학번으로 입학하자마자 학교는 너무 시끄러웠다. 수시로 데모를 하기 위해 모이고 최루가스로 뒤범벅이 된 학생들이 눈물, 콧물을 줄줄 흘리며 가방을 들고 이리저리 진압대를 피해 다니는 모습은 당시 학교의 일상이나 다름없었다.

  그 시절 많은 선배들은 법전을 공부하는 것보다 데모대에서 돌멩이와 화염병을 던지는 것이 세상을 바꾸는 지름길이라고 생각하고 있었던 듯했다. 학교에 가면 수업은 뒷전이고 선배들은 데모 때 사용할 현수막을 쓰는 것이 일이었다. 교수님들도 상당 부분 의욕을 잃으셨고 텅 빈 강의실은 시시때때로 휴강 공고가 붙었었다. 그런 주변과는 달리 나는 학교와 공부에 의욕을 잃은 것처럼 학교를 다니고 있었지만 사실 대학생이 되면서 내 내부의 변화는 일어나고 있었던 것이 틀림없었다.

고등학교 때에는 사회와 이데올로기 등등이 그저 당연한 것처럼 느껴졌다. 내가 검사가 되겠다는 것도 개인으로서는 미약하나 법이라는 힘을 알고 있으면 옳지 못한 것들을 벌할 수 있으리라는 믿음 때문이었다. 그러나 대학에 들어와 법이라는 것을 공부해 보니 법이라는 것 자체도 잘못될 수 있는 것이고 부당한 적용으로 선량한 사람들이 억울한 일을 당할 수 있다는 것을 뒤늦게야 깨닫게 되었다. 내 마음속에 존재하고 있지 않았던 사회의 현실이 깨우쳐지면서 점차 나는 내가 바라는 어떠한 사회의 모습도 꿈꾸게 되었다.

학교 선배들은 이제 갓 학교에 입학하여 의식이 깨어나기 시작하는 신입생들을 주목하기 시작했다. 특히 일 학년 반 대표를 맡고 있는 나를 운동권 선배들이 눈여겨보고 있었던 모양이었다. 군사 독재 정권과 그 찬탈 과정의 문제점에 대해서 나는 운동권 선배들과 공감대를 같이하고 있었다. 함께 목에 핏대를 세우며 민주주의에 대해 이야기했고 어깨동무를 하며 그런 생각들을 함께하고 있음을 확인하곤 했었다. 많은 신입생들이 그렇게 운동권에 흡수되었고 시위대에서 같은 목소리로 외쳤었다.

그러나 나는 시위를 할 즈음이면 슬그머니 빠져나왔다. 물론 데모를 하지 않은 것은 아니었지만 나는 이미 그들의 의사를 알리는 방법론에 대해 너무나 많은 회의를 갖고 있었다. 돌을 모으고, 그것이 여의치 않으면 보도블록을 들어내서 내리쳐 몇 조각으로 나누고 그것을 전경들에게 던지는 것은 왠지 옳은 방법처럼 보이지 않았다. 학생이라는 신분을 벗고, 전경이라는 신분을 벗으면 그들과 우리는 전혀 구분이 되지 않는 또래의 친구들이나 다름이 없었다. 형이면서 동생이었고 학우와도 같은 그들이 무슨 죄가 있어서 그들에게 돌과 화염병을 던져야만 할까, 그들은 왜 우리들에게 최루탄을 쏘아야 하는 것일까. 영 마음이 편치 않았다.

목적을 달성하는 것도 중요하지만 언제나 목적이 달성되었다고 해서 그것이 옳은 것은 아니다. 목적만큼 어떤 방법과 과정을 거쳤느냐도 중요하고 그 수단도 중요하다. 목적의 정당성만을 가지고 선량한 사람들을 짓밟는다면 그것이 과연 옳은 것이라고 누가 말할 수 있단 말인가. 그렇다면 과연 대안은 무엇이 될 수 있을까. 부정한 방법으로 권력을 가진 자들에게 과연 우리는 무엇을 어떻게 해야 하는 것일까를 생각하다 보면 정답이 나오지를 않았다.

선배들조차도 나의 논리에 반대하지 못했고 나를 설득하는 데 실패했다. 그러나 나는 여러 가지로 무척이나 혼란스러웠다.

결국 학교는 얼렁뚱땅 다니게 되었다. 술은 의식에 있어 일종의 마취제였고 친구들은 위안이었다. 집이 학교에서 멀다는 이유로 학교 근처에 어머니께서 구해주신 하숙집은 공부를 하는 곳이 아니라 차가 끊어질 때까지 술을 마셔도 걱정할 것이 없는 곳처럼 되어 버렸다. 결국 일년 겨우 하숙을 하고 다시 집으로 들어갔었는데 비슷한 학교생활은 계속 지속되었다.

하루는 친구들과 신림동 사거리에서 술을 마시고는 필름이 완전히 끊어졌는데 후에 친구들의 말을 들어보니 얼큰하게 취해서 나가기에 친구들은 내가 혼자서 집에 가는 줄 알았단다. 정신을 차려보니 학교 정문 근처였다. 신림동 사거리에서 서울대학교 정문까지 결코 가까운 거리가 아닌데 어떻게 걸어갔는지 전혀 기억이 없었다. 친구들에게 전화를 하려고 호주머니를 뒤져보니 동전 한 닢도 남아 있지를 않았다.

어떻게 된 일인지 새로 산 지 겨우 며칠밖에 되지 않아서 애지중지 입었던 오리털 잠바가 찢겨져서 그 틈 사이로 오리털이 날리고 있었고 신발 한 짝은 어디론가 사라져서 절뚝거리면서 걷고 있었다. 게다가 안경에 붙어 있던 오리털을 떼어보니 엄청나게 나쁜 나의 눈에 비례해서 꽤나 두꺼운 내 안경알이 깨져 있었다. 도대체 무얼 했는지 전혀 기억이 나지를 않았다. 찢겨진 오리털 잠바에 오들오들 떨면서 한 쪽 발은 언 땅을 디디며 간신히 학교 앞, 녹두거리에서 하숙을 하고 있는 친구를 찾아가 겨우 몸을 녹이고 쪽잠을 잘 수 있었다.

지방에서 어렵게 서울로 유학 온 친구에게 여분의 신발이 있을 턱이 있겠는가. 다음날이 되자 나는 겨우 그 친구에게 슬리퍼를 빌려 신고 집으로 돌아갔다. 연락도 없이 외박을 한 아들이 걱정이 되어 잠을 설치셨는지 눈까지 벌게져서 나를 기다리고 계시던 어머니는 다 터진 오리털 잠바에 오리털을 날리며 슬리퍼를 직직 끌고 나타난 내 모습이 한심했는지 혀를 차는 것마저 포기하셨다.

"너한테 실망이다."

화가 나신 듯 아무 말씀도 하지 않다가 깨진 안경을 보시더니 결국 어머니께서 한마디 하셨다. 안경 없이는 눈 뜬 장님이나 마찬가지인 나는 언제나 안경이나 렌즈가 제 2의 눈이나 다름없었고 그렇기 때문에 항상 소중히 여겼어야 했기 때문이었다. 하루에 겨우 네 시간을 자며 공부를 하던 고등학교 시절에도 학교가 파하고 집으로 돌아오면 먼저 팔을 걷어붙이고 부모님의 덧버선 공장 일을 돕던 나였다. 언제나 효자 소리만 들으면서 자랐던 나에게 어머니께서 실망이라고 말씀하셨던 것은 내게 일종의 충격이나 다름없었다.

'내가 왜 이렇게 살고 있을까.'

어머니의 그 말씀은 나의 대학생활을 뒤돌아보게 했다. 고민은 많았어도 아무런 대안도 없고 발전도 없는 나날들이었다. 부모님과 누이들의 기대를 저버리고 내가 너무 함부로 살았다는 생각이 들었다. 아, 정말 열심히 살아야 되겠다. 어머니에게 너무 미안한 마음에 나는 결심을 했다. 지금 내가 하고 있는 고민들에 대한 문제제기는 나중에 해도 늦지 않는다. 내가 대안을 제시할 수 있을 만큼 자라 있을 때 다시 생각하도록 하자. 그리고 탁상공론과 세상은 분명히 다를 것이다. 그것들을 내 눈으로 직접 보고 확인해 보고 생각해 보도록 하자. 그렇게 생각하자 마음에 평정심을 되찾을 수 있을 것 같았다. 당분간 모든 것을 보류하고 사법고시를 준비해야겠다는 결론을 내렸다.

"여보세요? 준선이니?"

마음을 다잡고 고시 준비를 시작하려 할 때 나에게 전화가 왔다. 졸업이 며칠밖에 남아 있지 않았던 때였다.

"무슨 일인데?"

"준선아, 너 졸업이 안 됐어. 한 학점이 모자라."

"뭐라고?"

나는 너무나 황당해서 물었다. 졸업이 안 되다니 무슨 소리지?

"우리 졸업 학점이 150학점이잖아. 너 한 학점이 비어. 너 149

학점만 이수했더라고."

　불과 한 학기 전에 그 친구와 학교 식당에서 함께 밥을 먹으며 학점 계산을 잘못해서 졸업을 못하는 학생이 있다더라, 하면서 껄껄대고 웃었었는데 그 친구가 나에게 같은 상황을 통보해 주고 있었던 것이었다. 이 사태를 어떻게 해야 하는 것인지 난감하기만 했다. 어쩔 수 없이 어머니에게 사실을 이야기하자 어머니도 황당하셨는지 한동안 내 얼굴만 들여다보시고는 아무 말씀이 없으셨다.

　"아버지께는 비밀로 하자."

　보나마나 아버지는 불호령을 내리실 것이 뻔했고 그 불똥이 어디로 어떻게 튈지 모르니 아버지께는 말씀을 드리지 말고 넘어가자는 것이었다. 나는 죄지은 것이 있어서 뭐라고 말씀도 못 드리고 고개만 숙이고 있었다.

　마침내 졸업식이 다가오자 아버지는 입학식 때만큼 좋아하셨다. 서울대 법학과를 졸업하는 아들이 얼마나 자랑스러우실까마는 나는 내심 조마조마해서 견딜 수가 없었다. 졸업식 가시는 길을 아버지께서 얼마나 서두르시던지, 나는 앞장서시는 아버지 뒤를 겨우 따라갔다.

　"준선아, 졸업장은 왜 안 받아 오냐?"

　아버지는 내가 자랑스러워서 사진을 막 찍으시는데 졸업장도 없이 밋밋하게 사진을 찍는 게 이상하셨던지 내게 물으셨다. 나는 속으로 뜨끔해서 아무 말도 못하고 있는데 어머니께서

"졸업식 날 졸업장 주는 학교가 어디 있나요?" 하시는 것이었다.

나는 아버지 몰래 안도의 한숨을 쉬었다. 어머니 눈치를 보니 눈을 찔끔하시는 것이다. 나는 더 죄진 마음이 들어 사진을 찍는데도 환한 웃음 한번 제대로 지을 수가 없었다.

"아빠, 사진이 왜 이래? 아빠 안 같아."

내 대학교 졸업 사진을 보여주니 큰딸 정현이가 나에게 이렇게 묻는다. 어려도 그 날의 분위기가 전해졌는지 사진 속의 나의 얼굴을 이상하게 쳐다본다. 내가 지금 다시 봐도 영 내 얼굴 같지가 않다. 턱은 쑥 빠져 있고 어깨에도 힘이 하나도 없이 처져서 겨우 눈만 카메라를 응시하고 있는 정도이다. 어머니도 기운이 없어하시는 표정인데 그와 완전히 대비되는 모습으로 아버지만 신이 나셔서 있다. 그 날이 떠올라 히죽히죽 웃으니 정현이가 이상한 듯 바라본다.

"정현아, 이건 가짜 졸업 사진이고 진짜 졸업 사진은 없다."

어머니는 아버지 몰래 등록금을 대 주셨다. 아마 내가 사립대학을 다녔다면 등록금 때문에 어쩌면 아버지를 끝까지 속이기 힘들었을지도 모르겠다. 어머니는 내가 서울대를 다니기 때문에 용서

가 된다면서 등록금을 마련해 주셨다. 말 그대로 정말 내가 서울 대를 다니기 때문에 용서해 주신다는 의미보다 등록금이 싸서 한 학기를 몰래 더 다닐 수 있는 것이니 나머지 공부 열심히 하라는 의미셨다.

정확히 기억이 나지는 않지만 오십이만 원 정도의 한 학기 등록 금으로 일 학점을 채우는 마지막 한 학기를 간신히 마칠 수 있었 다. 졸업은 했지만 나의 진짜 졸업식에는 아무도 찾아와 주지 않 았다. 아니, 그럴 수가 없었다. 어머니만 알고 아무도 모르는 진짜 졸업식이었기 때문이다. 나의 억울한 한 학기는 나에게 흐지부지 공부한 대학 생활에 대한 질책과도 같은 것이었다. 가짜 졸업식 직전의 결심은 아마 그래서 더 다져졌을 것이다.

만약 길을 잃었다면

 가짜 졸업식을 하기 전, 나는 졸업 학점이 모자라는 줄도 모르고 어머니에게 나의 결심을 말씀 드렸다. 어머니께서 나에게 실망하셨다는 말에 꼭 고시에 빨리 합격해서 그 실망감을 만회시켜드려야 하겠다는 생각만 들었다. 내 생각을 말씀 드렸더니 어머니께서는 고개를 끄덕거려 주셨다. 그리고는 며칠 후 절을 알아보셨다며 산에 들어갈 것을 권유하셨다. 졸업하기 전까지 잠깐 머무르면서 몸도 마음도 맑게 가다듬으라는 말씀이셨다.

 나 역시 환경의 변화가 필요하다고 느꼈던 터라 어머니의 권유에 동의하였다. 친구들과 술, 나를 지치게 하는 학교생활에서 좀 떨어져 있으면 몸도 마음도 맑아질 것 같은 생각이 들었다. 대학 생활의 마지막 겨울 방학이 시작되자 나는 어머니와 함께 짐을 챙겨 나섰다. 날카로운 겨울바람이 코끝을 아리게 만들 정도로 추운 날씨였다. 짐을 들고 희망과 불안이 뒤섞여 어머니 뒤를 말없이 터덜터덜 걸어가고 있었다. 마장동 시외버스 터미널에 도착하니 원래 타기로 했었던 버스는 막 출발하고 없었다.

"너랑 다니니까 되는 일이 왜 하나도 없나?"

어머니가 나에게 눈치를 주며 말씀하셨다. 나는 그 전에 사고 친 것도 있고 해서 별 변명도 못하고 어머니를 따라 대기실에 앉아 있었다. 다음 버스를 기다리는 두 시간 동안 어머니와 나는 별 대화도 없이 의자에 나란히 앉아 서먹하게 앞만 보고 있었다. 시계와 다음 버스 시간표만을 번갈아 바라보고 있었다. 사람들이 적지는 않았는데 창문 사이로 새어 들어오는 겨울바람이 꽤나 매서웠다. 추운 날씨에 어머니의 손이 빨갛게 곱아 있는 것이 보이는데도 어머니 손을 잡아 녹여 드리기도 미안해서 나는 딴청만 피우고 있었다.

버스를 타고 속리산에 도착하자 이미 해는 뉘엿뉘엿 거의 다 져가고 있었다. 시간은 겨우 다섯 시 반 정도였지만 산 속의 겨울 해는 유독 짧아 해가 완전히 지기 전에 갈 수 있을지 걱정이 되었다. 게다가 내가 가기로 되어 있는 상고암이라는 암자는 관광단지로부터 꽤나 떨어져 있는 조용한 곳이었다. 속리산 입구에 있는 가게에 들어가서 상고암으로 가는 길과 걸리는 시간을 물어보니 삼, 사십 분이면 충분히 올라간다고 말해 주었다. 어머니와 나는 그 말을 듣고 산길을 오르기 시작했다.

막상 산을 오르고 보니 그 날 왜 그랬는지 나는 항상 입고 다니던 바지와 구두를 챙겨 신고 나온 것이었다. 귀가 떨어져 나갈 것 같은 산 속의 겨울바람도 문제였지만 눈이 쌓여 있는 길을 구두로 올라간다는 것 자체가 매우 위험한 일이었다. 그래도 어머니를 앞 세울 수 없어 짐을 들쳐 메고 눈길을 헤치며 올라가는데 그 추운 바람 속에서도 진땀이 날 지경이었다. 얼어 있는 바위를 딛을 때 마다 미끄러져 휘청휘청 하며 위험천만한 길을 올라갔다.

간신히 산길을 올라가고 있는 사이 겨울산 뒤로 해는 넘어가 완전히 껌껌해져 버렸다. 다행히 달이 눈 위를 비추어 암흑 속에서 길을 찾아 헤매는 것은 피할 수 있었지만 구둣발에 험한 눈 산을 헤치고 가려니 여간 힘든 일이 아니었다.

"우리가 얼마나 온 거냐?"

어머니는 해가 진 것이 내심 불안하셨던지 우리가 있는 위치와 시각을 자꾸만 물으셨다. 나는 우리가 얼마나 암자에 가까이 왔는 지 알 수도 없으면서 조금만 더 가면 절이 보일 거라는 말만 반복 했다. 시계를 보니 삼, 사십 분 걸린다는 거리를 우리는 한 시간이 훌쩍 넘게 가고 있었다. 나 역시 불안해졌지만 불안해하시는 어머니를 내가 끝까지 모시고 가야 한다는 생각 때문에 한 시간도 넘게 길을 가고 있다는 말씀을 차마 드리지 못했다.

"아무래도 우리가 길을 잘못 든 모양이다."

내가 걸어온 시간을 말씀 드리지 않는다고 해서 어머니가 감을 못 잡으실 리는 만무했다. 정확한 시간과 시각은 알 수 없었지만 어머니도 이미 우리가 너무 오랫동안 산길을 헤맨 것을 알고 계셨다. 어머니께서 길을 잘못 든 것 같다고 말씀하시자 나는 눈앞이 캄캄해졌다. 정말 이 산중에서 길을 잘못 든 것이라면 동사할 수밖에 없는 상황이었던 것이다. 날씨는 너무나 추웠고 내려가는 길마저 나무 사이로 아득해 보였다.

어머니를 힐끗 쳐다보니 어머니 눈에 눈물이 그렁그렁 맺혀 있었다. 추위와 어둠 속에서 몹시 떨고 계셨다. 정말 이러다가 무슨 일이 생기는 게 아닌지 가슴이 철렁했다. 대학 때 고시 공부를 열심히 했으면 이런 고생은 안 시켜 드려도 되련만 늦은 후회가 밀려왔다. 죄송스런 마음에 뒤돌아 어머니를 바라보자 어머니는 얼굴에서 불안함을 애써 거두시고 나에게 말씀하셨다.

"걱정하지 마라. 길을 잃은 것 같았을 때에도 그걸 빨리 알아차리고 되돌아가 원래 길을 찾아가면 되는 거야."

그 순간 멀리서 불빛이 반짝거리는 것이 보였다. 멀리 아득하게 보였지만 어머니의 손을 이끌고 불빛을 따라가기 시작하자 그것은 점점 환해졌다. 긴가 민가 확실하지도 않으면서 불빛을 따라갔는데 다가가 보니 우리가 찾던 암자가 맞았다. 간신히 도착하고 나서 보니 바짓가랑이는 눈에 젖어 있었고 그나마 부분, 부분이 추운 날씨에 얼어붙어 있었다. 꽁꽁 얼어 딱딱해진 구두를 벗어보니 발도 동상 일보 직전이었다. 귀와 코 끝, 손도 벌겋게 얼어서 거의 감각이 없을 지경이었다.

암자의 노스님은 그런 어머니와 나에게 따뜻한 음식과 아랫목을 내어 주셨다. 산을 오르면서 잔뜩 긴장했던 몸이 녹으면서 피로가 몰려오기 시작했다. 노스님께 삼, 사십 분 거리라는 말을 듣고 저녁이 다 되어 가는데도 무모하게 산을 올랐다고 말씀을 드렸더니 껄껄 웃으시면서 동네 사람들이 오르는 속도하고 일반인들이, 그것도 눈길에 구두를 신고 올라오는 것하고는 당연히 차이가 있지 않겠느냐고 말씀하셨다.

나는 고개를 끄덕거리면서 곰곰이 생각해 보니 길을 잘못 들었다고 생각하고 중간에 포기를 했다면 어떠했을지 정신이 멍해졌다. 불빛을 발견하기 직전 나는 극도로 긴장했고, 온 길을 가장 후회했으며, 돌아갈 것을 생각하고 있었다. 어머니께서 빨리 잘못된 것을 발견하고 되돌아가 길을 찾으면 된다는 말씀을 하지 않으셨다면 나는 두려움에 어쩌면 다시 산길을 내려가자고 말씀을 드렸을지도 모르는 일이었다.

만약 그 때 정말 다시 길을 되돌려 산밑으로 내려갔다면 어떻게 되었을까? 길을 제대로 찾아서 내려갈 수 있었을까? 눈 산을 오르는 것도 위험한 일이지만 내려가는 일은 더 어려운 법이다. 아마 올랐던 시간보다 더 긴 시간을 추위에 떨며 산 속을 헤매고 있었을지도 모르겠다. 생각하기도 싫지만 어쩌면 정말 위험한 상황을 맞닥뜨렸을지도 모르는 일이다.

나는 가끔 명상을 할 때면 그 때 일을 떠올리곤 한다. 내가 앞으로 해야 할 일들과 지금 해 오고 있는 일, 그리고 해 왔던 일들을 생각하고 되짚어 보면서 내가 혹시 지금 내린 판단을 나중에 후회하지는 않을까, 실수는 하지 않을까, 나의 사사로움으로 중심을 흔들리고 있는 것은 아닌지 생각해 보곤 한다. 한 가정의 가장으로, 아이들의 아빠로, 바깥에서는 검사로, 변호사로 딸린 식구들을 책임지면서 작은 나의 실수가 생각지도 못한 결과를 낳을 수도 있다. 누구나 사람이기 때문에 저지를 수 있는 실수들이 있다.

그 실수와 오판을 감추려 하다 보면 나중에 더 나쁜 결과로 치달을 수도 있다. 또, 어떤 일을 진행함에 있어 잘 되지 않고 지난 실수들이 드러나는 순간 쉽게 그 일을 포기하게 된다. 그러나 혹시 실수를 하였다 하더라도 그것을 떳떳하게 인정하고 바로잡으려는 노력이 필요하다. 간혹 많은 정치가와 기업가들 등의 책임 있는 사람들이 그런 사실을 잊고 있는 것처럼 보일 때가 있다.

누구든 자신이 틀렸다고 인정하는 것은 매우 어려운 일이다. 그러나 정말 필요한 것은 자신의 과오를 잠시 덮어두는 것이 아니라 떳떳하게 자신의 잘못을 인정하고 그것을 바로잡는 일이다. 그 실수로 책임질 일들이 생긴다면 그것 역시 떳떳하게 감수해 내야 하는 것이다. 길을 잃었다고 생각하는 순간이 바로 잃어버린 길을 찾을 수 있는 기회이기도 한 셈이니까 말이다.

　나는 딸들이 자라면 이 이야기를 꼭 해주려고 그 날 밤의 일을 가슴속에 묻어 두었다. 어렵고 힘든 순간일수록 희망의 빛은 가까이에 있을 수 있다. 무슨 일이든 포기하지 않는 법을, 그리고 잘못된 것은 떳떳하게 인정하고 그 책임을 지는 그런 아이들로 만들자고 나는 결심을 했다. 그런 아이들로 자라게 하려면 나 역시 좋은 모범이 되어야 하겠지. 다시 한번 나의 딸들 앞에서 다짐을 해 본다.

세상에서 가장 소중한 것이 무엇이냐

정신을 맑게 하려고 암자에 들어가니 세상이 이렇게 조용한가 싶은 것이 서걱서걱 눈 밟는 소리와 스님의 목탁 소리 외에는 아무런 소리도 들리지 않는 것 같았다. 하얗고 조용한 속리산에 암자만 덜렁 남아 있는 것 같은 기분이었다. 세상이 이렇게 적막할 수 있을까 하는 생각과 동시에 내가 이렇게 안정될 수 있을까, 하는 생각 역시 들었다. 세상에서 떨어져 나온다는 것 자체만으로도 정신이 무척 맑아지는 느낌이었다. 속세를 벗어난다는 것이 바로 이런 것이구나 저절로 느낄 수가 있었다.

나는 그곳에서 팔십 세가량의 노스님과 공양을 해 주시는 오십 대 후반의 보살님, 그리고 나무도 해 주시고 하는 칠십대의 처사 한 분과 함께 기거하게 되었다. 막상 절에 들어가서 공부를 하려니 그곳은 전기가 들어오지 않는 곳이었다. 들고 간 책들이 무색할 지경이었다. 그래도 책들을 그냥 놀릴 수가 없어서 절에서 쓰다 버린 초들을 모아 불을 켜 전기를 대신했다. 앉은뱅이 책상위에 초 스무 개 정도를 죽 둘러 올려놓고 이십 촉을 만들어 흔들리는 촛불 사이로 책을 놓고 그것을 읽었다. 쓰고 버린 몽당 초들을 가져다 놓고 그것을 켜 두니 순식간에 다 녹아 꺼지곤 하여서 자주 갈아주어야 했다. 그래도 주변이 조용하고 특별히 할 일도 없는 산 속이라 저절로 책이 읽혀졌다. 그러다가 스르르 졸려오기 시작하면 촛불을 모두 끄고 잠이 들었다. 바깥은 그저 칠흑처럼 깜깜해서 시간은 도저히 가늠을 할 수가 없었다. 몇 시에 잠이 드는 줄도 모르고 스르르 잠이 들었다가 새벽에 노스님이 목탁 치는 소리가 들리면 어렴풋이 아, 여기는 속세를 떠난 곳이구나 생각을 하며 다시 잠들곤 했었다.

그 곳이 깊은 산 속이니 겨울 해는 얼마나 짧겠는가. 전기도 들어오지 않는 산중에서 초 몇 십 개를 모아다가 매일 책을 읽는 것도 한계가 있기는 하였지만 그런 이유보다 나는 무슨 잠에 한이 맺힌 사람처럼 하루에 열 두 시간이 넘는 시간을 오로지 잠만 잤다.

고등학교 시절 겨우 네 시간을 자며 공부를 해 왔고 대학교 시절 역시 편하게 많이 자는 편은 되지 않았던 것이 피로 축적의 원인이었던 듯 싶었다. 아침 일곱 시 경에 일어나서 아침을 먹고 나면 해가 중천에 뜰 때까지 다시 잠이 들었다가 일어나 책을 좀 보고, 그러고 나면 낮 한 시 경에 점심을 먹었다. 다시 책을 읽다가 보면 다섯 시에 이른 저녁을 먹었다. 너무 일찍 저녁 식사를 한 탓에 밤이 되면 으레 배가 고팠었는데 그럴 때면 어머니가 싸 주신 과일 같은 간식을 먹으며 책을 읽었다. 그리고 다시 몇 시가 되었는지도 모르고 잠이 들었다. 여유 있는 하루 일과 속에서 읽으려 했던 책은 모두 읽으면서 정말 몇 년 만의 숙면인지 알 수가 없었다. 고등학교 이래로 거의 육, 칠 년 동안 쌓여있던 피로와 의욕 상실이 잠을 자는 동안 모두 다 빠져나가는 듯 했다. 어디선가 일어날 때 자명종이 필요하다는 것은 잠이 부족하다는 증거라는 말을 읽은 적이 있는데 정말 그 때는 자명종이 필요없을 만큼 몸이 원하는 만큼 다 잘 수 있었다.

한 번은 노스님이 읍내에 나갔다 오시면서 꽁치 두 마리를 사 가지고 오시는 것이었다. 절에서 스님들이 무슨 생선을 드시나 싶어 어디에 쓰실 거냐고 물어 보니,

"우리는 안 먹어도 공부하는 학생은 먹어야 원기를 보충하지."

하시는 것이었다. 이틀 동안 보살님이 정성스럽게 소금을 뿌리고 구어서 내 앞에만 놓아 주셨다. 나는 혼자 생선을 먹는 것이 미안해서 살을 발라먹기 전에 노스님께 한번 권하고, 한번 겨우 집어 먹고 다시 처사님과 보살님께 또 한번 권해 드리고 하였으나 그분들은 한사코 손을 저으셨다. 그 정도로 나는 절에 있으면서도 꽤 호강을 한 편이었다.

충분한 잠과 정갈한 절 음식으로 몸에 피로가 풀어지자 정신도 맑아졌고 그 정신으로 나를 되돌아보니 내 스스로가 객관적으로 보이기 시작했다.

가부좌를 틀고 앉아서 생각을 해 보니 고등학교 때 무섭도록 공부한 것과 비교해 무기력하기만 했었던 대학생활들이 영화 속 필름처럼 스쳐 지나갔다. 더불어 내가 왜 그렇게 무기력했었는지 앞으로 그러지 않으려면 어떻게 해야 하겠다는 생각까지 죽 막힘없이 떠올랐다. 그러면서 역시 건강한 육체에 건강한 정신이 깃든다는 말에 틀린 구석이 하나도 없음을 새삼스럽게 다시 깨달았다.

역시 어떤 일을 하든지 간에 가장 중요한 것은 건강이다. 건강에 문제가 생기면 어떤 일도 제대로 진행시킬 수가 없다. 그리고 그 다음에 중요한 것이 자신을 제대로 바라보는 것이다. 전자는 운동과 좋은 식습관만이 그것을 지킬 수 있고 후자는 명상을 통해 할 수 있는 것이다. 나는 내 딸들에게 이 두 가지는 꼭 권하고 싶다. 내가 짧은 기간이지만 절에 있는 동안 느낀 점은 바로 그것이었다. 생활의 리듬이 깨지고 무기력해지는 것마저 몸이 지쳤다는 증거일 수 있다. 그것을 털어내지 못하고 계속 축적되게 놓아두면 결국 몸과 정신이 모두 상하게 되는 것이다.

네 여자 형제들 사이에서 외동아들로 자라, 나도 다른 누구 부럽지 않게 귀하게 자란 편인데 다행스럽게 딸 둘을 낳아서 자의 반, 타의 반으로 페미니스트가 되고 말았다. 딸 가진 아빠로서 내 딸들이 원하는 만큼, 가진 능력만큼 마음껏 세상에 나가 다 펼칠 수 있게 되기를 바라는 마음은 아마 다른 그 어떤 부모들보다 뒤지지 않을 것이다. 그런데 걱정이 되는 것이 한 가지 있다. 여자들의 능력이 남자들보다 뒤지거나, 일을 대하는 태도가 남자들과 다르거나 한 것은 절대로 아닌데 남자들을 따라올 수 없는 것이 한 가지 있다.

그것은 바로 체력이다. 어릴 때부터 골목에서, 운동장에서 활동적으로 뛰어 노는 남자아이들과 비교해서 여자아이들은 비교적 운동하는 것을 그다지 좋아하지 않는다. 호르몬이나 신체적 특성도 이유가 될 수 있겠지만 활발히 운동을 하는 남자아이들에 비해서 운동량이 적은 여자아이들은 당연히 체력이 떨어질 수밖에 없다. 그러다 보면 함께 밤을 새워 공부를 하거나 일을 진행할 때 뒤처지는 것은 체력이 약한 사람일 수밖에 없다. 여자가 남자보다 못하다는 말은 절대 옳은 말이 될 수 없지만 체력적인 측면이라면 할 말이 없을 것이다. 여자들도 남자만큼의 체력을 가지고 있다면 남자들과의 게임이 그리 부담스럽지는 않을 것이다.

그래서 지금 내가 정현이에게 수영을 가르치는 것도 그런 이유 때문이다. 다른 무언가를 하기 싫어하는 것은 아빠로서 다 받아들일 수 있지만 운동은 필수 항목이다. 운동이 생활 습관이 되면 그

것으로 공부의 효율을 훨씬 높일 수가 있다. 건강이 얼마나 중요한지 설명하는 것 자체가 무의미한 일이다. 건강해야 맑은 정신을 가질 수 있고, 맑은 정신을 가질 수 있어야 제대로 공부할 수 있으며, 자신을 똑바로 바라보고 반성도 할 수 있는 법이다.

나는 겨우 대학교를 졸업할 무렵, 절에 들어가서야 그것을 깨달았다. 아무리 공부를 잘해도 체험하지 않으면 세상을 깨우치지 못하는 부분이 있기 마련인가 보다. 아마 이 시기가 없었더라면 고시 공부를 할 때에도 그다지 효율성이 높은 공부를 하지는 못했을 거라는 생각이 든다. 공부도 건강이 보장될 때 잘할 수 있는 것이다. 건강이 없다면 무엇을 한들 의미가 있으랴.

절에 있은 한 달 동안 나는 세상을 살아가는 데에 있어 가장 중요하면서 가장 기본적인 것을 깨우치고 축적하고 산에서 내려온 셈이었다. 그 이후 한 학점이 모자라 제때 졸업을 하지 못하고 아버지 몰래 한 학기 더 학교를 다니면서도 완전히 생활 태도가 바뀔 수 있었던 것은 그 때문이었을 것이다.

실패의 쓰라림

한 학점 때문에 학교를 다니는 것은 정말 지루한 일이었다. 여전히 많은 친구들이 학교에 남아 있었지만 떠났어야 할 시기에 학교에 남아 있다는 생각 때문에 학교생활은 너무나 따분했다. 겨우한 과목을 들으러 학교를 왔다 갔다 하면서 특별한 일을 하지 않는 나는 거의 백수나 다름이 없었다. 집에 들어가면 어머니는 따가운 눈빛으로 나를 바라보았고 아버지는 그저 내가 고시 준비를 하러 학교 도서관을 다니는 줄 아셨다. 이래저래 안팎으로 나는 불편하기만 했다.

겨우 한 학기를 마치고 졸업을 하면서도 이미 졸업사진이며, 기념사진 등을 모두 찍어 놓아서 진짜 졸업식은 썰렁하고 시큰둥하기만 했다. 이미 다 치러낸 졸업식이 무슨 재미가 있고 실감이 나겠는가. 그저 지루한 한 학기가 끝났다는 것만이 기쁜 일이었다.

학교도 모두 마쳤으니 이제 정말 열심히 고시 공부를 해야겠다는 생각이 들었다. 마음을 다잡고 이제 모든 것을 고시에 쏟아 부어야지, 하는 마음의 증표로 나는 머리를 삭발했다. 까만 뿔테, 두꺼운 안경에 푸르스름한 머리가 무슨 죄인 같았다.

죄인이라면, 죄인이지. 대학 4년을 무의미하게 유용하고 자신을 무기력하게 방치한. 나는 자책하면서 짐을 꾸려 고시원에 들어갈 준비를 했다. 고시원은 포천 광릉수목원이 있는 곳이었다. 바람이 불면 나뭇 가지들이 적막한 공기 속으로 나지막이 소리를 내는 그런 곳이었다. 가짜 졸업식을 치르기 전에 잠시 머물렀던 암자만큼이나 조용한 곳이었다. 나는 정말 수인(囚人)처럼 그곳으로 들어갔다. 책을 풀면서 정치적 탄압으로 감옥으로 끌려간 숱한 위인들에 대해 생각했다.

우리나라뿐만 아니라 세계적으로 그들이 감옥에 가서 정리한 생각들과 사상들이 얼마나 사람들에게 큰 위안과 지식이 되는지 마음에 새겼다. 나도 마치 감옥에서 생각을 정리하고 공부에 전념하는 위인들처럼 공부를 하리라, 시험에 합격하기 전까지는 집에 돌아가지 않으리라, 결심했다. 친구들과 연락도 끊고, 집에도 들어가지 않겠다고 결심까지 하면서 흐지부지 하루 하루를 보낼 수 없었다. 나는 고시원 친구들도 만들지 않고 공부에만 전념했다. 나 스스로도 내가 외로움도 잘 타고 사람 좋아하는 것을 잘 알고 있는데 고시원에서 다른 사람들과 친구가 되면 나를 잘 제어할 수 없을 것 같았기 때문이었다.

어차피 공부라는 것이 혼자 하는 싸움이라 지치고 힘들 때 친구들이 위안이 되어 주기도 하지만 종종 상황이 역전되기도 하기 때문에 스스로 잘 제어해야 한다고 생각했었다. 일단 마음을 다잡고, 체력도 달리지 않고 하다 보니 공부에 전념할 수 있었다. 나는 아침, 점심, 저녁밥만 먹고 엉덩이에 땀띠가 날 때까지 책상 앞에 붙들어 앉아 있었다. 공부를 하다가 집중력이 떨어지고 몸이 뻐근해지기 시작하면 바깥으로 나가 달리기를 했다. 고등학교 때 하던 식으로 하루 종일 공부하는 것들이 다시 몸에 배이자 그 때의 습관 역시 다시 나오기 시작한 것이었다.

그러나 고등학교 무렵 가정 형편이 답답해서, 공부가 답답해서, 중압감이 답답해서 중랑천을 달리는 것과는 조금 달랐다. 공부에 열중하다가 간간이 집중력이 떨어질 때쯤 고개를 드는 불안감은 있었지만 고시에 전념하면 모든 것이 해결 될 수 있을 것이라고 믿고 싶었다. 그런 막연한 불안감은 집중력이 떨어졌기 때문에 드는 생각이라고 여기고 그것을 떨구어 내기 위해 열심히 달렸다.

광릉수목원의 공기는 내가 이제까지 숨쉬었던 것 중에 단연코 제일이었다. 달리면서 들이켜는 공기는 코를 통해 허파까지 들어가면서 내 몸을 깨끗하게 정화해주는 것 같았다. 그래서 한 번 뛰고 나면 머리가 맑아지고 가슴이 시원해짐을 느낄 수 있었다. 맑은 공기 속에서의 달리기는 잡념을 떨구어주는 명상과 비슷했다.

달리기를 좋아해서 지금도 가끔 한강변에서 달리기를 하곤 하지만 그 때의 맑고 상쾌한 기분은 왠지 되찾기가 어렵다.

세계 어디를 가도 한강만큼 탁 트이고 시원한 강이 도시 내부를 가로지르는 도시는 없지만 그렇게 좋은 한강조차도 그 때의 맑은 공기에 대한 추억을 다 메워 주지 못하는 것 같다. 하루 종일 공부에 매달리는 생활을 한 달 정도 하니 조금씩 엉덩이가 근질근질하기 시작했다. 어머니가 해 주시는 된장찌개가 먹고 싶고 가족들이 보고 싶었다. 친구들은 뭐 하나 궁금하고, 어울려 이런저런 이야기를 나누고 싶은 것들이 자꾸만 생각났다. 북적북적한 도시와 바쁘게 몰려다니는 사람들이 그리울 수도 있구나, 생각했다.

나 스스로를 가두어 둔다고만 생각해서 그랬던 모양인지 맑은 공기와 좋은 경치가 슬슬 지겨워지기 시작했다. 처음에는 맑은 정신으로 가뿐하게 공부를 해야 한다는 생각에 아침을 먹으면 어김없이 자리에 꼭 붙어 앉아 공부를 하곤 했는데 슬슬 공부도 지겨워지고 바깥에도 가고 싶고 하니 아침부터 산책을 하기 시작했다. 따분하고, 공부에 머리가 아파 오거나 하면 했던 산책과 달리기를 아침부터 부지런히 하지 않으면 하루가 너무 나른해졌다. 아무래도 공부에 좀 시달렸었던지 기분 전환이 필요했다.

어느 날은 기분 전환을 핑계로 훌쩍 의정부를 나갔다. 부모님께는 시험을 합격하고 집으로 돌아가겠다고 큰소리를 탕탕 쳐 놓은 터라 차마 집으로 가지는 못하고 혼자서 의정부 시내를 돌아다니며 오랜만에 사람 구경, 차 구경, 거리 구경을 했다. 호강에 겨웠는지 그 좋디좋은 공기를 마다하고 도시로 나오니 매캐한 도시의 공기가 반가웠다. 바쁘게 오고 가는 사람들 속에 나 역시 서 있으니 목적도 없이 헤매는 것인데도 그 사람들을 따라 내 발걸음도 빨라졌다. 얼마 만에 느껴보는 도시의 분주함인가. 나는 마치 생전 처음 도시에 와 본 사람마냥 신이 나 있었다.

시내에 나간 김에 영화도 한 편 보고 돌아오니 마음이 너무나 가벼웠다. 역시, 병명은 도시에 대한 그리움이었나. 아름답고 좋은 것도 상대적인 것들이라 매캐한 공기를 맛보지 않으면 아무리 광릉수목원의 공기라 한들 좋은지 알 수 없는 것이다. 오랜만에 나가 한껏 도시의 냄새를 맡고 돌아가니 수목원의 지루한 풍경을 조금은 견딜 수 있을 것 같았다. 얼마나 또 공부를 했을까. 책상에 붙들어 앉아 있다가 지루해지면 산책을 하고, 달리기를 하는 일상을 며칠 반복하니 다시 좋은 풍경에 권태가 나기 시작했다.

책을 볼라치면 엉덩이에 좀이 쑤시는 것이었다. 지금 이 시간이면 시내 풍경은 이렇겠구나, 친구들은 무엇을 하고 있겠지, 극장에는 어떤 영화들을 할까. 잡념이 떠나지를 않았다. 다시 훌쩍 친구들에게 전화를 걸어 대학로에서 약속을 했다. 친구들을 만나면서, 나 스스로를 너무 제어하면서 공부하기보다 고시 공부를 하는 친구들과 함께 어울려 공부를 하는 것이 더 나을지도 모르겠다는 생각이 들었다. 시험을 앞둔 고시생의 입장에서는 이런저런 불안한 생각이 들어 작은 유혹을 참아보자는 생각도 들었지만 그런 생각이 들고 나서 두 달 후까지도 수목원에서의 공부는 많은 인내를 요구했다.

환경을 바꾸어 보는 것도 좋을 것이라는 생각이 들어 나는 결국 고시원에서 나와 다시 집으로 들어갔다. 집에 돌아와서 문득 거울을 살펴보니 파르라니 삭발을 해 놓은 머리가 많이 자라 있었다. 그만큼 나의 결심이 무뎌진 것은 아니었을까. 고시에 합격하지 않으면 집에 돌아오지 않겠다던 결심을 했었는지조차 나는 기억해 내려 하지 않고 다시 집에서 고시 공부를 시작했다. 모교의 도서관이나 단국대 대학원에 다니는 선배들을 따라 그곳 도서관에서 함께 공부를 하곤 했다.

용케 일 차 시험은 합격했다. 이제 이 차 시험만 준비하면 되는 것이었는데 이상하게 체력이 약해졌는지, 집중력이 현저하게 떨어졌다. 바싹 공부를 해야만 하는데 나는 무슨 배짱으로 책을 설렁설렁 훑어보기만 했다. 이 차 시험은 나흘 동안 이루어지는데 하루에 두 과목씩 주관식으로 이루어진 문제들을 풀어내야 하는 것이다. 시험을 마치면 돌아오기가 무섭게 그 동안 공부한 것을 정리하고 완벽하게 마무리를 지어 놓아야 한다. 그렇게 완벽하게 해 놓았다고 해도 시험에 붙을까 말까 하는 판국에 나는 왜 그리 모든 것이 귀찮기만 한 것인지, 시험 기간 내내 책을 펼치기만 하면 잠이 쏟아졌다.

공부에 전념하지 못한 부담감이 오히려 더 공부를 못하게 방해하는 것이었는지 마무리 정리를 해야 하는데 나는 책 위에서 꾸벅꾸벅 졸기만 했다. 결과는 보나마나였다. 합격자 명단에 내 이름이 없는 것을 보자 실망하는 부모님의 얼굴이 머리를 스쳤다. 집에 들어가는 것이 참으로 죄송스럽기만 했다. 집에 어떻게 들어갈까 고민고민하다가 결국 들어가서 나갔다가 잘 들어왔다는 인사도 얼렁뚱땅 하고 내 방으로 쑥 들어가 버렸다.

"오빠!"

민망하고 죄송한 마음에 방에 틀어박혀 있는데 바로 밑의 여동생이 문 밖에서 슬쩍 나를 부르는 소리가 났다. 대답하기가 귀찮아 아무 말도 안 하고 가만 있는데 동생은 문을 열고 들어오더니 내 눈치를 봤다.

"오빠, 기운 빠져 있지 말고 이거 먹어."

고개를 들어 여동생을 바라보니 불쑥 맥주 두 캔을 나에게 내밀고 있었다. 코가 쑥 빠져서 실망하고 있는 오빠를 위해 아버지, 어머니 몰래 나가서 맥주를 사왔던 모양이었다. 내가 동생들을 챙겨 주어야 할 판에 동생이 나에게 그런 것을 사다 주니 나는 정말 어찌할 바를 몰랐다. 민망해서 동생이 내미는 맥주 캔 두 개를 받아 들지도 못하고 있으니 동생이 내 옆에 슬며시 그것들을 밀어 놓고 나갔다. 나는 안주도 없이 맥주 두 캔을 꿀꺽꿀꺽 삼켰다. 잠을 잘 이룰 수 있을 것 같은 생각이 들었다. 이불을 펼치고 잠을 자려고 하니 눈물이 나올 것 같았다. 부모님 얼굴도 제대로 쳐다보지 못하고 나보다 어린 동생에게 위로를 받아야 하는 상황이 한편으로는 너무나 미안했고 한편으로는 너무나 비참했다. 이불을 뒤집어 쓰고 눈물이 막 쏟아지려는 순간 괜한 자존심이 발동했다. 고시를 때려치울 테다. 다른 곳에서 내가 할 수 있는 역할을 제대로 해 내면 되지 않겠는가. 내가 왜 이까짓 것에 괴로워하고 눈물을 흘려야 하나. 하지 않으면 그만이다. 괜한 자존심은 순간 결심으로 옮겨갔다. 이불을 걷어차고 천장을 똑바로 보고 누웠다. 눈물은 온데간데없이 사라지고 나는 괜히 주먹을 꽉 쥐어 보았다.

진정으로 원하면 이루어지리니

사법고시 이 차 시험에 불합격하고 나서 나는 정말로 고시 공부를 그만둘 생각을 하고 있었다. 실패라는 것이 내게 너무 크게만 다가왔다. 나는 불합격 통보를 받은 다음날로 고시를 하지 않는다면 무엇을 할까 곰곰이 생각해 보았다. 특별하게 떠오르는 것은 없었다. 괜히 여기저기 취업할 곳이 없나 알아보다가 대기업에서 신입 사원을 뽑는 광고를 봤다. 나는 거의 아무 생각 없이 그 길로 그 대기업에 원서를 썼다. 출생지, 졸업한 초등학교, 중학교….

죽 이력 사항을 썼다. 너무나 간단했다. 이력서에 쓸 일이 이렇게 없었나? 대충 정리를 해 기입을 다 하고 원서의 다음 장을 넘겨보니 자기 소개하는 난이 있었다. 뭐라고 쓸까. 고향과 가정환경 이야기를 적고 나니 그 밑 하얀 여백이 너무나 넓어 보였다. 아무리 고민을 해 보아도 고시 공부를 한 것 이외에는 생각나는 것이 없었다. 내 나이가 도대체 몇 살인데 한 일이 아무 것도 없는 것일까, 내가 도대체 그 동안 무엇을 하면서 산 것일까.

일순간에 회한이 밀려왔다. 특별히 운동을 잘하는 것도 없고, 특별히 어떤 분야에 전문가도 아니었다. 게다가 나는 심하게 나쁜 시력 때문에 남들도 다 가는 군대마저 가지 못하지 않았는가. 이런 저런 생각을 하니 모두가 다 자존심 상하는 일이었다. 내가 한 것이라고는 오로지 고시 공부밖에는 없었다. 문득 어린 시절이 생각났다. 수사반장을 보면서 막연하게 검사의 꿈을 키우던 그 시절이 떠올랐다.

검사가 무엇을 하는지도 완전히 알지도 못하면서 커서 뭐가 되고 싶냐고 어른들이 물으면 으레 검사가 되겠다고 대답하던 시절이었다. 그런 생각을 하니 가슴이 답답해져 왔다. 내가 진정으로 바라고 있던 것은 검사가 되는 것 아니었던가. 고시에 합격해서 검사가 되는 것이었는데 지금 내가 무슨 생각으로 이러고 있는 것일까. 불합격한 것을 마지막으로 내가 완전히 그것에서 떠나가 버린다면 나에게 고시는 평생 실패한 것이 되는 셈이다.

새로운 의욕이 넘쳐났다. 손에 쥐고 있던 취업 원서를 찢어버리고 나는 다시 그 길로 독서실에 갔다. 역시 시험에 떨어진 원인은 확고한 의지를 다지지 못한 데 있었다. 그 전과는 비교할 수 없을 만큼 마음을 단단하게 잡고 공부를 시작하니 몸의 리듬까지도 달라지는 것이 느껴졌다. 정말 식사시간 외에는 자리에서 일어나지를 않았다. 전에는 중간중간 화장실에 가고 싶으면 그것을 참지 않았었다. 화장실에 가고 싶은 것을 참으면 공부가 되지 않을 것 같았었다. 그런데 밥 먹는 시간 외에는 자리에서 일어나지 않겠다는 결심을 하고 나니 화장실에 가고 싶은 욕구도 그 시간에 맞춰졌다.

오히려 아주 규칙적으로 기본적인 것들을 할 수 있었다. 담배도 생각 외로 잘 참아졌다. 물론, 중간중간 담배 생각이 나지 않은 것은 아니지만 하다 보니까 그것도 다 참아졌다. 그러고 보니 고시 공부 할 때 매운 음식도 한번 제대로 먹어보지 못했다. 나는 매운 음식을 무척이나 좋아하는 편이었는데 매운 음식을 많이 먹으면 물을 많이 먹게 되고 물을 많이 먹으면 화장실을 많이 가게 되어 가능하면 그런 음식을 피했다. 아침은 집에서 먹고 나오고 점심은 독서실 근처에 있는 식당에서 사먹곤 했는데 독서실 근처에 냉면을 아주 맛있게 하는 집이 있었다.

내가 원래 냉면을 무척 좋아했었는데 고시 공부를 하면서는 그 집의 맛있는 냉면도 거의 사먹지를 않았다. 밥을 먹어야 배가 든든하고 머리 회전이 잘 돼 공부가 잘 되는데 냉면을 먹으면 밥 먹은 만큼 공부가 잘 안 되는 것 같다는 이유로 냉면을 피했었다. 요즘 탄수화물이 두뇌 회전에 미치는 영향을 보도하는 신문 기사들을 보니 그 때 내가 몸으로 느꼈던 것이 맞았다는 생각이 든다.

어쨌거나 고등학교 이후로 그렇게 열심히 공부해 본 것은 처음이었다. 하루 하루가 정말 꽉 차 있는 느낌으로 공부를 하고 시험을 치렀다. 시험을 본 기분은 최고였다. 빡빡하게 공부한 만큼 대체적으로 정답을 다 적어 넣은 것 같았다. 시험을 아주 잘 보았다는 느낌이 들어 이 차 시험 준비를 혼자 시작했다. 꿈 속에서도 교재의 작은 글씨까지 다 보일 정도였다. 공부는 이미 가속도가 붙어 있었다. 이 차 시험이 일주일 남았을 때 일 차 시험의 합격자가 발표되었다.

나는 ARS로 나의 합격 여부를 살폈다. 역시, 합격이었다. 몇 점으로 합격했는지도 알려 주기에 같이 확인을 해 보았더니 내 예상과는 달리 커트라인에 간당간당 걸리는 점수였다. 전화를 끊고 나니 허탈해지기보다 의욕이 더 불타올랐다. 내가 이렇게 합격이 된 것은 정말 운이다, 이 차 시험을 더 바짝 공부하지 않으면 안 되겠다는 생각이 들었다. 커트라인에서 왔다 갔다 하는 점수로 합격한 것은 정말 하늘이 나를 보호한 것이 아니겠는가. 운이 따랐으니 그 운이 떠나기 전에 이 차도 합격해야 된다고 생각했다.

남은 일주일은 거의 두 시간씩밖에 잠을 자지 못한 것 같다. 정말 열심히 공부했다는 말 외에는 그 때를 설명할 수 있는 말은 없다. 정말로 열심히 공부했다. 정말 일 차 시험의 운이 이 차 시험까지 영향을 미쳤는지 첫날 헌법 시험을 들어가 보니 내가 봤던 교재에서 비슷한 문제가 나온 것이었다. 항상 공부하던 교재를 마무리하고 통상적으로 나오는 문제와는 조금 다른 유형으로 정리한 새로운 교재를 줄만 그으면서 겨우 한두 번 읽어보는 정도였는데 거기서 문제가 나왔던 것이다. 운은 거기서 그치지 않았다.

형사 소송법 시험을 보기 직전 형법 시험을 마치고 나와 친구와 한 문제씩 예상 문제를 나누었다. 친구가 말한 예상 문제도 알고 있었지만 약간 가물가물하는 부분이 있어 시험 보기 불과 이, 삼 분 전에 잠깐 정리해 놓은 것을 살피고 시험을 봤는데 용케도 바로 그 문제가 시험문제로 나왔다. 그 친구에게 참으로 고마웠는데 나중에 살피니 그 친구는 그 때 불합격해서 좀 미안한 마음이 들었었다. 후일담으로 그 친구는 그 다음 번 시험에서 합격했었다.

어쨌거나 시험을 모두 마치기는 마쳤는데, 그것도 후회 없이 열심히 공부해서 마친 것인데 마음은 불안했다. 마치 십만 원을 들고 도박판에 들어가서 모두 잃고 남은 만 원으로 배팅을 하는 기분이었다. 그 남은 만 원을 잃으면 차비가 없어서 집에도 못 돌아가는 처량한 신세의 도박꾼과 내가 같은 입장이 아닐까 하는 생각이 들었다. 집에서 발표를 기다리고 있자니 답답해서 도저히 안 될 것 같았다. 그래서 무작정 가방을 둘러메고 부산행 기차에 올라탔다.

부산에 도착하니 먹구름이 새까맣게 밀려오는 것이 나의 불행을 상징하는 것이 아닌가 싶어 불안하기만 했다. 합격 여부를 눈

앞에 놓으니 모든 자연 현상, 모든 언행이 나의 합격 여부와 관련이 있는 것이 아닌가 자꾸 연관지어 생각해 보게 되었다. 마치 소설 '마지막 잎새'에서 주인공이 마지막 잎사귀가 떨어지면 자기도 죽을 거라고 생각하는 것처럼 나 역시 구름이 끼면 불합격이 아닐까, 내가 막 길을 건너는데 신호등이 빨간색으로 바뀌면 불합격이 아닐까, 밥을 먹다가 숟가락이나 젓가락이 떨어지면 불합격이 아닐까, 모든 것을 합격과 불합격 사이에서 생각했다.

괜한 징크스를 혼자 만들어 놓고 이런저런 복잡한 생각만을 하니 밥맛도 없고 기운도 없었다. 대충 광안리에 허름한 여관을 잡아 새우깡 하나, 참치 캔 하나와 소주 두 병을 들고 들어갔다. 최선을 다한 시험이 떨어지면 어떻게 하나, 하는 생각에 한없이 우울하기만 했다. 소주 한 병 반을 먹고 간신히 잠이 들었다. 술 덕분이었는지 꿈도 없이 깊은 잠을 자고 일어나 보니 여덟 시였다. 좋지 않은 속을 해장국으로 달래고 광안리에 있는 방파제로 나갔다.

전날 몰려오던 먹구름은 아니나 다를까 폭풍우가 되어 있었다. 그 때는 알지 못했는데 92년 큰 태풍이 불어 왔었던 것이었다. 상당히 큰 태풍이어서 가로수가 쓰러지고 엄청난 파도가 일었던 때였다. 나는 그렇게 무서운 위력의 태풍이 왔는지도 모르고 방파제로 나가 보니 집채만 한 파도가 방파제를 무섭게 때리고 있었다.

조금만 더 파도가 일면 나까지 덮칠지도 모른다는 공포감이 밀려왔다. 자리를 피해야겠다고 생각하는 찰나 방파제 끝에서 위태위태하게 낚시를 하고 있는 사람이 있었다.

낚싯대나 제대로 잡고 있을 수 있을까? 나도 용기를 내어 뒤에가서 살펴보니 막상 낚시꾼은 상당히 여유 있는 모습이었다. 무슨인생에 달관하고, 죽음에 초연한 도사처럼 그 무시무시한 태풍 속에서 아무렇지도 않은 듯 낚시하는 것에만 열중해 있었다. 그것을가만히 지켜보노라니 나 역시 힘든 고난과 실패 속에서도 나 스스로를 믿는다면 무엇인들 못할쏘냐, 하는 생각이 불현듯 들었다.진인사대천명이라고 나 스스로 최선을 다했는데 하늘이 나의 합격을 허락하지 않았다면 더 효과적인 방법을 찾아 다시 또 도전하면 그만인 것이다.

이번에 떨어지면 스물여덟에 다시 일 차를 보고 스물아홉에 이차를 보고 그래도 잘 안 되면 고시 공부를 하면서 서른을 맞는다는 생각은 잊기로 했다. 공부를 하면서 서른을 맞는 것은 죽기보다 더 싫다는 것 따위는 그냥 내 생각일 뿐이다. 태풍 속에서 초연하게 낚시를 하는 사람처럼 나도 초연하게 공부를 해야겠다는 결심을 했다. 파도와 바람 속에서 나는 한참을 앉아 있었던 것 같다.그리고 일어나서 다시 집으로 돌아오는 기차에 올랐다. 기분이 한결 나아지는 것 같았다.

열차 사고로 잠시 기차가 연착되는 동안 시계를 보니 그 시간쯤 합격자 발표를 했을 것 같았다. 그러나 이미 마음을 다부지게 먹고 나니 속이 울렁거릴 만큼 떨리지는 않았다. 하늘이 일년 더 공부하라고 한다면 더욱 열심히 하고, 합격했다면 감사해야지. 이미 합격 여부에 초연해 있기로 마음을 먹었지만 기차에서 내려 공중전화로 합격자 발표를 듣는 순간까지 계속해서 같은 생각만 하고 있었다.

"아자!"

공중전화의 수화기를 제대로 놓았는지도 모른 채 나는 공중전화 박스 문을 박차고 나와 소리를 질렀다. 합격이었다. 지나가던 사람들이 나를 힐끔힐끔 쳐다보았다. 나는 그것에 아랑곳하지 않고 다시 한번 또 소리를 질렀던 것 같다. 합격한 것이 너무나 감격스럽고 설레어 혼자 만세를 부르고 나니 집에 계신 부모님이 생각이 났다. 이러고 있을 것이 아니라 어서 알려야지.

"어머니, 저 합격했어요."

내 말이 떨어지기가 무섭게 어머님이 콧물을 훌쩍이는 소리가 났다. 어머니가 기뻐서 눈물을 흘리시는구나, 나는 눈치를 챘다. 이렇게 기뻐하시는 것을 왜 진즉 못해 드렸을까 생각하니 가슴이 아팠다. 고시 공부하던 것을 회상하면 역시 확실한 목표와 신념이 있으면 무엇이든지 이룰 수 있다는 생각이 든다. 아직은 어리지만 우리 딸 정현이와 소현이가 자라서 한창 열심히 공부할 때가 되면 이때의 이야기들을 해 주고 싶다.

　노력해서 이루지 못할 것이 무엇이 있겠는가. 정당하고 효율적인 방법과 진지한 자세를 갖추고 확실한 목표에 신념을 가지고 매진하면 무엇이든 다 이룰 수 있다고 나는 믿는다. 무엇인가를 진정으로 원한다면 그것은 진짜로 이루어진다는 말이 있다. 우리 딸 정현이와 소현이가 자라나면서 그 말을 꼭 잊지 않기를 바란다. 최선을 다한다는 말처럼 흔한 말도 없지만 진정으로 원하는 일이라면 최선을 다하는 것이 곧 그것을 이루는 유일한 길이라는 사실 또한 말이다.

종착점이 아니라 시작인 것을

사법고시를 합격하고 나자 세상이 완전히 내 것이 된 것만 같았다. 확실히 긴장감이 좀 풀어진 것이 사실이었다. 어머니도 내가 시험 준비를 하고 있는 동안 긴장을 하고 계시다가 합격을 하고 나니까 좀 풀어지셨는지 몸이 아프기까지 하셨다. 어머니가 아프셔서 식구들 모두 걱정을 하는데 어머니는 그래도 기분이 좋다고 하시면서 참 좋아하셨다.

나도 합격한 사실이 그저 좋기만 하면서도 실감은 나지 않았었는데 오리엔테이션을 마치고 연수원을 빠져나오는 순간 번쩍 이것이 사법고시 합격생들의 길이구나 느껴졌다. 왜냐하면 오리엔테이션을 마치고 사법 연수원을 빠져나오는, 이제 갓 연수생이 된 우리들을 맞아 주는 것은 길 양 옆에 기다랗게 줄지어 서 있는 신용카드 회사 사원들이었기 때문이었다.

"이제 불행 끝, 행복 시작인가 보다."

문을 막 빠져나가는데 동기 중 누군가가 그런 말을 했다. 나도 마음이 상당히 들떠 있었다. 동기들 모두 카드 회사 직원들에게 가서 두어 개의 카드를 만들기 시작했다. 나 역시 동기들 틈에 끼어 석 장이나 되는 카드를 만들었다. 친척 분들에게도 인사를 해야지, 친구들에게도 한 턱 근사하게 내야지 고마운 분들이 머릿속을 스쳐 지나갔고, 돈 쓸 일들이 생각났다. 만든 카드를 지갑 속에 고이 넣어 두고 집으로 돌아가 그 날로부터 참 돈을 많이도 썼던 것 같다.

스물일곱이 어린 나이는 아니지만 죽자 사자 공부에만 매달리다가 불현듯 대우가 달라지니 계획도 없이 돈을 썼다. 남의 돈으로 기분 낸 격이었다. 한마디로 철이 좀 없었던 것 같다. 게다가 결정적인 나의 실수가 또 하나 있었다. 함께 합격하고 연수원 동기였던, 지금은 변호사가 된 내가 좋아하는 선배가 하나 있었다. 성품이 관용적이고 항상 모든 사람들을 따뜻하게 품어주는 사람이어서 지금도 그 선배를 참 좋아하는데 선배의 어머님도 참 좋은 분이셨다.

그 날은 연수원에서 간단한 시험을 보았었는데 동기들끼리 술을 한잔하자고 했다. 시험도 끝나고 소주를 간단히 마시다가 보니 그 선배가 자기 집에 가지 않겠냐고 제안을 했다. 그렇지 않아도 가끔 뵐 기회가 있었던 선배의 어머님이 뵙고 싶기도 하고 해서 지금은 정치인이 된 동기와 함께 선배의 집을 향했다. 우리가 가니 어머님이 아껴두었던 과일주며 인삼주 등을 내 놓으셨다. 우리는 어머님께 선배가 앞으로 잘 될 거라고, 인품이 어머님을 닮아서 너무 좋다는 말 등을 하니 어머님은 기분이 좋으셨던지 술을 자꾸만 내 오셨다.

어머님이 권하시는 술을 사양만도 할 수 없어 한 잔, 두 잔 받아 마시다 보니 선배도, 동기도, 나도 얼큰하게 취해 버렸다. 시간도 늦고 취하기도 취해서 돌아가려고 집을 나서는데 선배의 어머님께서 직접 바깥까지 배웅을 해 주셨다. 나는 선배의 어머님과 이런 저런 덕담을 하며 인사를 하고 돌아서려는데 갑자기 어디선가 사람들이 나와 동기에게 시비를 걸고 있는 것이 아닌가. 다짜고짜 술에 취해 있는 동기의 어깨를 밀치고 삿대질을 하면서 소리를 바락바락 지르고 있었다. 아니, 술에 취해 있다고 사람을 저렇게 함부로 해도 되나? 나는 성큼성큼 다가가

"아니, 지금 도대체 뭐 하는 겁니까?" 라고 말했다.

그러나 나 역시 취해 있어서 말이 약간 꼬여 있었는지 그 사람들이 힐끗 쳐다보더니 나에게까지 한꺼번에 뭐라고 하는 것이었다. 동기와 그 사람들은 이미 서로 어깨를 밀치는 싸움으로 번져 있었다. 뭐라고 바락바락 소리를 지르는지 제대로 알아들을 수도 없었다. 나까지 덩달아서 어깨를 밀고 옷을 붙들고, 그것을 뿌리치고, 다시 밀치고, 엎치락 뒤치락 진짜 싸움이 되고 말았다. 그러

기를 몇 분, 티격태격하고 있으니 갑자기 사이렌 소리와 함께 경찰차가 왔다. 누군가가 신고를 했던 모양이었다.

우리들은 모두 경찰서로 가게 되었다. 거기서도 그 사람들과 큰소리를 내며 어깨를 밀치는 싸움이 끝나지 않자 경찰이 말린다고 끼어든 것이 이상하게 경찰과의 싸움이 되어 버렸다. 결국 서로 욕설을 하는 등 경찰서 안이 시끌벅적해져 버렸다. 술이 좀 깰 때쯤 되니 연수원 교수님이 오셔서 우리는 경찰서를 나갈 수 있었다. 나중에서야 돌아가는 사정을 알고 보니 우리를 신고한 사람들이 마침 새 차를 뽑았는데 동기가 술에 취해 차에 기대 있는 모습을 노상방뇨를 하고 있는 것으로 보았던 모양이다.

그래서 우리들에게 와서 다짜고짜 따졌던 것이었다. 술이 깨고 나니 이거 큰일 났다 싶었다. 아직은 연수생이었지만 자중해야 할 신분이 난동을 피웠으니 참으로 큰일 났다 싶었다. 다음 날 집은 난리가 났다. 어머니는 자리를 보존하고 계시고 아버지도 나에게 화가 나셨는지 아무런 말도 하지 않으셨다. 사법연수생 두 명이 경찰서에서 난동을 부렸다고 텔레비전 뉴스에 보도가 된 모양이었다.

"애써서 공부한 것이 말짱 도루묵이야. 저것 앞날을 어찌할꼬. 정말 내 아들한테 실망이다."

어머니가 얼마나 나를 책망하시던지 나도 눈앞이 캄캄했다. 사법연수원에서 쫓겨날 수도 있을 만큼 큰일이었다. 앞날을 막막해하고 있는데 다행히 그 동안 내가 인간관계가 나쁘지 않았는지 연수원 동기들의 전화가 하나씩 걸려 오기 시작했다. 어떤 한 친구는 자기가 연수원에 간곡하게 이야기를 해 주겠다고 했고, 어떤 친구는 아는 사람을 통해 사정을 해 보겠다고도 했다. 이런 동기들의 전화와 격려가 어찌나 많았는지 감격스러울 정도였다.

그 동기들이 잘 말을 해 주었던지 다행히 나는 연수원에서 쫓겨나지 않고 무사히 연수생 시절을 마칠 수 있었다. 그 동기들이 없었으면 아마 나는 검사가 되지도 못하였을지 모른다. 내가 저지른 실수에 비하면 그 대가는 참 적은 것이었다. 여덟 달 남짓 사귄 동기생들 덕에 내가 치른 대가는 십 분의 일도 안 될 만큼 적어졌다. 대가는 적었지만 교훈은 컸다. 전에 내 성격이라면 시비 붙을 일을 피하는 것은 비겁하다고 생각했지만 시비를 피하면서 다른 방법을 찾을 수 있다면 그것을 찾아야 한다.

당장 눈앞에 있는 것을 해결할 수 있어 보이지만 그것이 결코 해결이 아닐 수 있다는 것을 많이 깨달았다. 더불어 나의 책임감의 범위가 훨씬 넓어졌다는 것을 많이 느꼈다. 내가 하는 행동 하나가 더 큰 파장, 더 넓은 영향력을 가질 수 있다는 것을 그 때 비로소 실감했다. 그러므로 나의 책임감 역시 훨씬 더 무거운 것이 되어야 하는 것이었다. 책임감은 무거웠지만 그렇다고 해서 그것이 나 개인의 성공을 의미하는 것은 아니었다. 고시에 합격했다고 해서 내가 달라지는 것도, 나의 환경이 달라지는 것도 아니었다.

  지금 생각해 보니 고시 합격이 마치 무슨 성공이라도 되는 양 생각했던 것이 참으로 부끄럽다. 내 어릴 적 목표는 검사가 되는 것이 아니라 검사가 되어서 나쁜 사람들을 혼내주고 더 이상 나쁜 짓을 못하게 하는 것이었는데 순간 나의 목표가 검사가 되는 것이 다인 양 착각하고 있었나 보다. 어릴 때의 꿈을 좇아 고시 공부를 했지만 그 안에는 나도 모르게 어떤 신분 상승의 꿈도 있었음을 솔직하게 고백한다. 그러나 실제 고시는 신분 상승을 보장해 주는 것이 아니다. 친구들 중에는 대학교를 나오지 않고서도 성공한 친구들이 많다.

  좋은 학교가 사회에서의 성공을 보장해 주는 것도 아니고 얼마만큼 노력했나의 여부와 관계 있는 것 같다. 나는 그 어렵다는 고시에 합격했지만 내가 검사가 되었다고 해서 그 친구들보다 더 잘 사는 것도 아니고 더 엄청난 사람이 된 것도 아니다. 내가 성공했다고 생각하면서 기분을 낸 카드 값은 고스란히 내 몫이며, 내가 이 사회의 구성원으로 맡은 역할이 있기 때문에 그 책임감을 다해야 한다는 것은 그 때의 뼈아픈 교훈이었다.

사랑한다면 우리처럼

우리 첫째 딸 정현이가 어느 날 갑자기 나한테 와서 대뜸
"아빠! 아기는 어떻게 생겨?" 하고 묻는 것이 아니겠는가?

그 때가 아마 다섯 살인가, 여섯 살 때쯤이었을 것이다. 둘째 딸
소현이를 낳아서 병원에서 집으로 데려올 때에도 별 소리가 없더
니 갑자기 그런 것을 묻는 것이다. 아마 정현이는 지금 그렇게 물
어본 것을 기억이나 하는지 모르겠지만 나는 내심 당황스러웠다.

소현이를 낳았을 때 이제 겨우 네 살밖에 되지 않은 정현이었지
만 혹시라도 동생이 어떻게 생겨서 나오게 되었는지 물을까 봐 대
충 대답할 것들을 준비해 둔 적이 있었는데 그 후로 한참이나 지
났고 게다가 사전 예고도 없이 갑자기 물어보는 바람에 순간 뭐라
고 대답을 해야 하는 것인지 난감했었던 것이다.

딸아이들이 아기였을 때부터 간식을 만들어 주고 기저귀를 갈
아주고 했던 것들이 아이들의 머릿속에 남았는지 유독 아빠를 찾
는 아이들인데 대뜸 바쁘니까 엄마에게 가서 물어보라고 말할 수

도 없고, 그 순간 지나가는 이삼 초가 어찌나 길게만 느껴졌었는지 모른다.

"엄마 아빠가 사랑하면 아기가 생기는 거야."

대충 그렇게 대답을 해 준 것 같기는 한데 나도 그 때 당황해서 한 대답을 정확히 기억해 내기가 힘들다. 갑자기 그 때를 떠올리니 문득 아기가 어떻게 생겨나는지에 대한 대답과 무관하게 정말로 엄마와 아빠가 얼마나 사랑했었는지 말해주고 싶다는 생각이 들었다. 그냥 막연한 나의 대답에 대한 이야기를 내 딸에게 하고 싶은 것이다. 아마도 우리 딸 정현이, 소현이가 태어나기 전의 이야기들은 엄마와 아빠만의 비밀스런 이야기였지 않았겠는가.

엄마와 아빠가 만나서 결혼에 골인하기까지의 이야기도 가슴이 따뜻해져 오는 아름다운 추억이지만 나는 아내와 결혼을 하고 난 직후 몇 개월을 생각하면 정말 아내에게 잘 해야 되겠다는 생각이 저절로 든다. 의견 충돌이 있고 티격태격 싸움을 했을 때도 나는 신혼 때를 생각하면 그냥 마음이 스르르 풀어져 버린다. 그래서 내가 그다지 잘못한 것이 없다고 생각되어도 신혼 때 아내가 나에게 해 준 것을 떠올리며 그냥 먼저 미안하다며 사과를 하고 아내를 달래주는 편이다.

소위 흔히 하는 말로 신혼 때에 아내를 잡아라, 남편을 잡아라

하는 말들이 있는데 나는 그 때 그야말로 아내한테 확 휘어 잡혀 버린 것이다. 아내의 입장에서는 그 몇 달의 투자로 평생 남편을 확 휘어잡는 득이 되도 큰 득이 되는 장사를 한 셈이다. 벚꽃이 흐드러지게 피는 봄에 만나 알콩달콩 연애를 하던 시절보다 유독 결혼 직후를 떠올리는 이유는 아마도 우리 딸, 정현이와 소현이에게 엄마와 아빠의 사랑이야기를 들려준다고 생각하다 보니 가족으로 묶여져 '우리' 라는, 그리고 '한 가족' 이라는 단단한 연결 고리 때문에 그런 생각이 든 탓도 있겠지만 결혼 초 아내가 나 때문에 팔자에도 없는 고생을 많이 한 것이 고맙기도 하고 미안하기도 해서 그럴 것이다.

나는 어릴 때부터 시력이 참 좋지 않았었다. 초등학교를 들어가기 전이나 들어간 후에는 특별히 눈이 나쁘다는 조짐은 없었었다. 시골에서 자라 거칠게 놀아 와서 아이들하고 과격하게 놀고, 싸우는 것에도 빠지지를 않았었다. 그러다가 초등학교 고학년이 되면서부터 텔레비전을 가까이서 본 탓이었는지, 어둠침침한 곳에서 책을 읽은 탓이었는지 좀 멀리 떨어진 것들을 확연하게 구별하지 못하고 칠판의 글씨가 가물가물하게 보이기 시작했다.

처음에는 그저 흐린 날씨 탓이려니, 일시적인 현상이려니 하며 그다지 걱정하지 않았었는데 점점 눈이 나빠져서 급기야 6학년 때는 안경을 쓰게 되었다. 안경을 일단 쓰게 되니까 여름에는 줄

줄 흐르는 땀과 같이 흘러내리는 안경이 너무나 답답했고 이리저리 뛰어다닐 때 위 아래로 흔들려 약간의 현기증을 느꼈고, 과격한 운동이나 싸움 따위는 안경이 거추장스럽기도 하고 위험하기도 해서 더 이상은 하지를 못했다.

아마 안경을 써본 사람은 누구나 느끼는 불편함일 것이다. 그러면서 나는 성격도 점점 변하게 되었는데 골목을 휘어잡으며 놀던 내가 점점 더 책만 보거나, 공부도 슬슬 하기 시작해 집에서 시간을 보내는 일이 더 많아졌다. 그러다 보니 어두운 곳에서 책을 보거나 가까이에서 텔레비전을 보는 일도 더 많아졌고 그것이 이유가 되었는지 눈은 점점 더 나빠져 갔다. 급기야 중학교 때는 급격한 속도로 눈이 나빠져서 거의 삼 개월에 한 번씩 안경을 바꿔야 했었다.

집안에는 나의 시력에 맞지 않는 안경이 여기저기 굴러다니고 가끔은 식구들이 우지끈 밟기도 했었다. 하도 시력이 빨리 나빠져서 그때 즈음에는 종로에 있는 안경사가 유독 나와 어머니에게 친절하게 해 주기도 했었다. 삼 개월에 한 번씩 어머니와 함께 안경을 맞추러 종로에 나가는 게 그 때는 정말 일이었다. 초등학교 때는 안경테하고 거의 비슷한 렌즈에서부터 시작해서 중학교 3학년 때는 안경테와 비교해서 거의 5배 정도 되는 두께의 렌즈를 착용하기에 이르렀다. 결국 보통의 안경테로는 해결이 안 되고 뿔테로 바꿔야 했는데 그 때는 거울 보기 싫을 정도로 바보 같은 인상이었다.

　게다가 고등학교 때는 179cm에 58kg밖에 나가지 않았던 시절이어서 비죽이 큰 키와 깡마른 몸에 두꺼운 뿔테 안경이 정말 부조화를 이루고 있었다. 대학교에 들어가자 주변에서 콘택트렌즈를 하는 녀석들이 하나둘씩 보이기 시작했다. 나도 그 바보 같은 인상에서 하루빨리 벗어나고 싶어서 주변 친구들에게 물어 콘택트렌즈를 하기로 결심했었다. 일단 콘택트렌즈를 하니 무거운 콧잔등과 언제나 짓눌려 있던 귀가 너무나 자유로워져서 좋았었다.

　그러나 해방감도 잠시, 우리 정현이, 소현이는 잘 모르겠지만 내가 대학교에 들어갔던 85년도는 데모도 참 많았던 시절이었다. 데모가 벌어지면 어김없이 눈 속으로 들어가는 먼지가 눈을 괴롭히고 거기에 한 술 더 떠 최루탄의 최루 가스 알갱이가 눈 속에 들어가면 눈을 뜨지도 감지도 못할 정도로 쓰라리고 아팠었다. 그러다 보면 소프트렌즈는 별 저항도 없이 그냥 찢겨져서 눈물과 함께 줄줄 흘러나왔다.

　나는 또 돈 버렸다고 말하면서도 뿔테의 바보 같은 인상이 싫어서 용돈을 모아 다시 또 콘택트렌즈를 구입하기를 반복했었다. 그렇게 무모하리만큼 계속 렌즈를 하고 싶어했던 이유는 뿔테의 바보 같은 인상과 함께 내심 활동적이었던 초등학교 시절의 활달함을 되찾고 싶어서였던 것 같다.

여자 형제 네 명 사이에 콕 박혀 자라났었지만 누이들의 여성스러운 성격은 별로 영향을 받지 않고 바깥에서 여기저기 함께 뛰어다니고 어울리며 놀았던 친구들과의 관계 속에서 주고받은 영향 때문인지 나는 대체적으로 사내다운 성격을 지녔다는 말을 많이 들었다. 그 성격 덕분에 나더러 '육사에 가도 되겠다'는 말도 듣곤 해서 어린 마음에 대학에 가면 육사를 가야 하나, 법대를 가야 하나 남 몰래 속으로 고민을 하기도 했었다.

커 가면서 눈이 나빠져 자연히 법대로 선택이 아닌 결정이 되어버렸지만 고등학교 시절에도 눈만 나쁘지 않다면 육사에 가도 나와 잘 어울릴 것 같다는 생각을 종종 하기도 했었기 때문에 은근히 군복을 입은 사람을 보거나 육사생도를 보면 나도 모르게 눈길이 갔다. 그런데 안경을 끼고 나서 다소 활동이 소극적으로 변하면서 내심 소심한 사람으로 비춰지지 않을까 솔직히 걱정도 되곤 했었다.

그러던 와중 대학교 4학년 때 군대를 가려고 물어보니 -7.5 디옵터부터는 군대가 면제라고 했다. 떨리는 마음으로 시력을 재어 보니 나는 -9.0 디옵터였다. 초등학교 때 어린 마음이기는 했지만 육사냐 법대냐를 놓고 고민했던 내가 군대에 면제라니 은근히 사내로서 체면이 말이 아니라는 생각이 들었다. 남들은 신의 아들이라며 부러움 반, 놀림 반 이야기를 했지만 나는 그 말이 자존심이 상했다.

"저게 군대를 가야 사람이 되지."

어머니도 내 대학생활이 실망스러워서 그러셨는지, 아니면 남자라면 응당 군대에 가야 한다는 의미에서였는지 나를 볼 때마다 이런 말씀을 하셨다. 어머니마저 나한테 그런 말씀을 하시니 기분도 나쁘고, 서운하기도 하고, 결정적으로 자존심이 상하기도 해서 죽어도 뿔테 안경보다 콘택트렌즈를 고집했다.

그러다가 고시에 합격하고 결혼도 하게 되었는데 그래도 마음 한 구석에는 나쁜 눈 때문에 나의 사내다운 성격이 제대로 발현되지 않는 것만 같아 속상한 마음은 여전히 있었다. 그런 나의 마음을 알고 계셨던 어머니는 검사로 발령 받기 직전, 그러니까 내가 아내와 신접살림을 차렸던 무렵 봉투에 무언가를 넣어 주셨다.

"준선아, 이건 마지막 애프터서비스다."

어머니께서 봉투에 넣어 주신 것은 시력 교정술을 받으라는 수술비였다. 검사 생활을 시작하면서 새 눈으로 세상을 밝고 넓게 보고 나를 필요로 하는 곳에 가서는 열심히 일을 하라는 말씀도 덧붙이셨다. 나는 그 때 어머니 덕택에 내 인생 최대의 장애물이라고 생각했던 시력을 교정하는 엑시머 레이저 수술을 받을 수 있었다.

어머니에게 미안한 마음과 고마운 마음을 동시에 가지고 있지만 아내에게도 마찬가지의 마음이 든다. 수술은 한 쪽씩 하는 것이라고 안과에서는 한 쪽만 먼저 하기를 권했지만 검사 생활을 시작하는 시간도 다가오고 있었고 어차피 하는 김에 한꺼번에 해야 되겠다는 생각이 들어서 무모하게 양쪽을 한 날 수술해 버리고 말았다. 그런데 요즘 성행하고 있는 라식수술은 통증이 덜하다고 하던데 엑시머 레이저 수술은 꽤 통증이 있었다.

거의 열흘이 넘는 동안 눈에 붕대를 감고 장님 생활을 해야 하는 데다가 붕대를 풀고 두세 시간마다 눈에 안약 형태의 진통제를 넣어주어야만 했다. 그렇지 않으면 눈이 따끔따끔해지고 몹시 쓰라려지기 때문에 시간을 잘 지켜주어야 했다. 그 때 병 수발 아닌 수발을 다 들어준 것이 내 딸들의 엄마, 아내였다. 아내는 하루 종일 나에게 붙어 있으면서 나의 손발이 되어 주었다. 눈이 안 보이니 할 수 있는 것들이 그렇게 한정되어져 버리는지 그때서야 깨달았다.

게다가 눈은 시원치 않아도 몸은 멀쩡해서 식욕은 그대로였다. 특별히 할 수 있는 일도 없고 가만히 방구석에 있자니 정말 먹고 화장실 가고 하는 게 전부였다. 그런 나에게 아내는 틈틈이 간식을 챙겨주고 식사를 챙겨줄 뿐만 아니라 일일이 하나하나 다 입에

떠 먹여주고 입가를 닦아주고 했다. 화장실을 갈 때에도 손을 잡고 이끌어 주며 데려다 주고 데려 오고 했다. 아내가 어찌나 세심하게 나를 배려해 주는지 문턱에 걸리지 않도록, 탁자 모서리에 부딪치지 않도록 섬세하게 설명해 주고 피하도록 해 주었다.

눈은 깜깜했어도 집안 구석구석을 불편 없이 다니고, 잠깐 집 앞을 산책하고 할 수 있었던 것은 모두 다 아내 덕분이었다. 그 때 텔레비전에서는 드라마 '모래시계'가 유행했었는데 평소에는 텔레비전을 그리 좋아하지도 않았으면서 그 때는 어찌나 그것이 보고 싶던지, 눈이 너무나 답답했다. 아내는 그럴 때까지도 내 옆에 붙어 앉아 일일이 장면 하나하나를 설명해 주고는 했었다. 그 날도 아내와 함께 앉아서 모래시계를 보고 있는데 아내가 화면을 설명해 주지 않고 가만히 있는 것이다.

"왜 텔레비전에서 아무 말이 없어?"

나는 아내가 드라마를 재미있게 보느라 설명을 놓친 것인지 싶어 재촉하고 싶었지만 일일이 설명하는 것도 일이라면 일이라 설명을 안 해준다고 쿡쿡 찌르고 싶지는 않아서 넌지시 텔레비전이 왜 조용한지를 물었다.

"응, 지금 태석이하고 혜린이가 말없이 서로를 바라보고 있어서 그래요."

그 때 아내의 목소리에 촉촉한 눈물이 묻어 있다는 것을 깨달았다. 원래부터 감수성이 풍부한 아내라는 것을 알고 있었지만 아내가 나에게 설명을 해 주다 말고 눈물을 흘리고 있었다는 사실이 참 새삼스럽게 느껴졌다. 그런 아내가 얼마나 예쁘던지. 나는 문득 그 때 부부라는 것이 이런 것이구나 생각했다. 정말 내가 결혼을 해서 아내를 맞았구나, 아내가 나를 끔찍이 사랑하는구나, 나 역시 아내를 많이 사랑하는구나 느꼈다.

결혼 전, 아옹다옹하면서도 일상에 파묻혀 살아가고 있는 늙은 촌부의 모습이 너무나 아름답게 느껴져 부러움을 느꼈던 것이 떠오르면서 나도 이제 그런 삶을 살아갈 수 있겠다는 생각에 막연히 가슴이 벅차 올랐다. 누가 들으면 겨우 열흘 남짓의 장님 생활에 엄살떤다고 할지 모르겠지만 그 때 아내가 나에게 해 준 것을 생각하면 정말 아내에게 한없이 미안하고, 한없이 감사하게 된다. 그 때도 지금도 드는 생각이지만 내가 정말 무슨 일이라도 당하면 나를 끝까지 수발해주고 챙겨주고 할 사람은 아내밖에 없다는 생각이다.

짧다면 짧은 그 장님 생활을 결혼 초에 겪어보지 않았으면 바쁜 일상에 쫓겨 아내의 소중함도 미처 깨닫지 못하고 지금껏 살아왔을지도 모르겠다. 너무나 가깝기 때문에 공기나 물의 소중함을 잊어버리는 것처럼 누구든 자신과 가장 가까운 사람들의 소중함을 쉽게 잊곤 하니까 말이다. 이제 우리 정현이, 소현이가 왜 아빠가 엄마한테 꼼짝 못하는지 알게 되었겠지? 아빠 친구들이 아빠의 천적은 엄마라고 하는 말을 정말 잘 이해할 수 있을 것이다. 자신에게 소중한 사람한테는 꼼짝 못하게 된다는 것 역시 말이다.

너무 바쁜 새신랑

결혼 직후 나는 눈 수술을 마치고 광주지검으로 가게 되었다. 어머니의 말씀대로 나는 더 넓은 시야와 환한 시력으로 내가 필요한 곳에 가서 내 역할을 다하리라는 신념으로 가득 차 있었다. 삼월에 발령을 받아서 서울의 신접살림을 모두 광주로 옮겨 온 것이 오월 오일이니 두 달 동안이나 나는 아내와 주말부부를 한 셈이다. 이제 막 신혼 생활을 시작하는 나에게 두 달간의 주말부부 생활은 꽤 긴 시간이었다.

아내가 보고 싶어 일하는 틈틈이 전화로 안부를 확인하면서도 신임 검사의 가득 찬 의욕과 열정으로 하루 하루를 보냈다. 처음 광주로 발령이 나자 어머니의 걱정이 이만저만이 아니었다. 나도 광주라는 곳을 처음 가 보았고 어머니 역시 그러하셨다. 영화나 텔레비전 드라마에서 등장하는 깡패들은 으레 강한 억양의 전라도 사투리를 사용했고 아마도 알게 모르게 그런 배경이 작용하여 깡패들이 많지는 않을까 걱정했었다.

"험한 사람들 조심하거라."

광주로 가는 마지막 날까지 어머니는 내게 주의를 당부하셨다. 막상 광주에 도착해 보니 괜한 편견이었다는 것이 바로 드러났다. 그곳의 물, 산, 공기 등이 좌우하는 분위기라는 것이 있는 것은 분명하지만 사람 사는 곳이 뭐 별반 다를 것이 있겠는가? 깡패들 조심하라고 신신당부하셨던 어머니가 생각나서 나는 길을 다니면서도 피식피식 웃음이 났다. 게다가 광주 사람들은 대개가 토박이들이어서 외지 사람들에게 참 친절했다.

개인적으로 친분이 있는 사람이 아니더라도 불편하거나 어려움이 있으면 선뜻 나서주는 모습을 보면서 참 놀랐던 기억들이 많다. 또, 질서의식도 따스함 못지않게 뛰어나서 감탄했었던 적이 한두 번이 아니었다. 한 번은 아파트 앞에서 택시를 막 잡아타려고 보니 줄이 길게 늘어서 있는 게 아닌가. 서울에서도 그런 모습은 쉽게 보지 못했는데 시내 중심가도 아닌 아파트 앞에서 그런 모습을 보니 참 보기가 좋았다.

광주라는 지역에 대한 첫 느낌은 그런 편견이 깨어지는 느낌이었고, 광주 지검 역시 마찬가지였다. 나도 어린 시절부터 똑똑하다는 말을 들어오고 대학 때에도 어디 가서 빠지는 머리라고는 생각지 않아 왔었는데 그곳에 가보니 내가 봐도 정말 똑똑한 사람들이 참 많았다. 그 틈에서 이것저것 배우다 보니 이렇게 똑똑한 선배들이 제자리를 좀 못 찾아 간다는 느낌도 들었다. 부모님께서 나를 낳은 곳은 충청도이고, 내가 자란 곳은 서울이며, 전라와 경상에서 모두 정을 붙이고 산 나에게 동서의 지역성이 있을까.

비교적 객관적인 눈으로 보니 정권의 지역성 때문에 자신에게 맞는 자리에서 자신의 역량을 다 펼치지 못하는 경우들도 간간이 있었다. 그 선배들 입장에서는 다행히 DJ 정부 때 제자리를 찾아 갔고 그런 것을 보니 선배들이 잘 되었다는 생각이 들었다. 그런 것들을 생각하면 어떤 편견이나 섣부른 판단으로 인해 가지고 있는 개념이 참으로 위험할 수 있다. 우리 아이들에게도 잘못된 판단을 가지고 다른 사람들을 잣대질하는 것만으로도 때때로 가해자가 될 수 있다는 것을 가르쳐 줘야겠다는 생각이 든다.

동시에 남들이 가지고 있는 편견 때문에 내 아이들에게 잘못된 판단이 내려진다고 하면 그 역시 얼마나 억울하고 슬픈 일이겠는가. 직접 겪어보지 못하고 내리는 판단은 위험할 수 있다는 것을 우리 정현이, 소현이는 꼭 알아주었으면 좋겠다. 그러고 보니 우리 첫 딸 정현이를 거기서 가지고 낳았다. 이제 부임한 지 얼마 안 되는 초임 검사가 배울 일도 참 많았다. 어찌나 바쁜지 거의 매일 밤늦게까지 일을 했다.

아내는 광주로 처음 온 서울댁이라 마땅히 아는 곳도, 아는 사람도 없었다. 광주에서 나는 아내의 남편이었으며 동시에 유일한 친구였다. 그럼에도 거의 매일 밤늦게까지 나를 기다려야만 했다. 거기에 임신까지 했는데 나는 아내에게 이것저것 신경도 많이 써 주지 못했다. 지금도 그 때의 아내를 생각하면 광주 사투리로 가슴이 '짠' 하다. 갓 결혼한 새댁이 새신랑 얼굴도 제대로 못 보고 잠이 들 정도였으니 나에게 원망이 클 법도 한데 그래도 가끔 아내와 그 때 이야기를 하면서 나에게 별 불만이 없어 보이니 다행이라는 생각이 든다.

아마도 주말마다 장성, 담양, 순천, 목포 등을 돌면서 이곳저곳 여행을 많이 한 것이 아내 마음에 위로가 많이 되었던 모양이다. 아내가 임신하였을 때 남편이 소홀하게 하면 그 섭섭함이 평생을 간다고 하던데 천만다행이 아닐 수가 없다. 재미있었던 것은 아내와 담양에 갔을 때 일어난 일이었다. 담양의 고서면과 봉산면에는 경치 좋은 곳에 누각과 정자들이 들어서 있어 아름다운 곳들이 많은데 그 날은 아내와 면앙정을 찾아가는 길이었다.

'내려다보면 땅이, 우러러보면 하늘이, 그 가운데 정자가 있으니 풍월 산천 속에서 한 백년 살고자 한다.' 는 말이 내려올 만큼 절경인 곳이다. 아내는 그 때 임신 팔 개월이 넘어가고 있었던 때였다. 면앙정을 올라가고 있는데 아내가 갑자기 화장실을 가고 싶다고 하였다. 둘러봐도 화장실로 보이는 것은 아무것도 없었다. 조급한 마음에 여기저기 살펴보니 좀 떨어진 곳에 돼지 축사가 있었다. 사람들이 일을 하는 곳이니 당연히 화장실도 있겠지 생각하고 가서 보니 다행히 화장실이 있었다.

아내를 화장실에 보내고 바깥에서 기다리려는데 아내가 코를 쥐어 막고 들어가자마자 화장실에서 뛰쳐나오는 것이다. 너무 더럽고 냄새가 고약해서 도저히 안 되겠다는 것이었다. 그래서 서둘러 민가가 있는 쪽으로 되돌아가 화장실을 이용했는데 아무리 생각해도 그 돼지 축사가 이상하다는 생각이 들었다. 동물 키우는 곳이 냄새가 나는 것이야 당연한 일이지만 영산강과 직접 연결되어 있는 것으로 알고 있는 시냇물에 호스를 박고 냄새나는 돼지의 분뇨와 축사의 폐수를 쏟아내고 있는 모양이 아무래도 마음에 걸렸다.

보아하니 다른 가닥의 시냇물들은 물이 맑아 안에 물고기들이 반짝거리는 게 보였는데 그 쪽은 전혀 그렇지가 못한 데다가 민가가 있는 곳까지 시냇물을 타고 냄새가 진동을 했다. 동네 사람들에게 물어보니 냄새 때문에 근처 지나다니는 것은 물론 일상생활의 불편과 농작물의 피해까지 불만이 보통이 아니었다. 여행을 마치고 돌아오자마자 나는 환경부 파견 직원을 보내 그곳을 조사하게 했다. 아니나 다를까 무단으로 폐수를 방류하고 있는 것이 맞았다.

하천의 오염 정도가 그 무단 방류로 인해 엄청나게 높아져 있었다. 정화 시설을 완전히 무시하고 주변을 계속해서 더럽히고 있었던 것이었다. 아내와의 여행이 아니었더라면 언제까지 더 오염이 계속되었을지 모르는 일이었다. 그 여행은 아내와 함께 시간도 보내고 사건도 처리하는 일석이조의 일이었지만 안타깝게도 비슷한 일은 아쉽게도 더 이상 일어나지 않았다. 그나마 아내가 불평하지 않아 준 것이 나로서는 고마울 따름이다.

그렇다고 미안함이 다 가시는 것은 아니다. 광주로 온 지 일 년여가 흐르고 나는 공안 검사가 되었다. 나 개인적으로는 공안부보다 특수부 쪽에 더 관심이 쏠렸는데 공안 검사가 되면 개인적으로 배우는 점들이 많다며 선배들이 권유하기에 그 쪽으로 가게 되었다. 그렇지 않아도 바빴는데 공안 검사가 되고부터 부쩍 더 귀가 시간이 늦어지게 되었다. 아내의 출산 날이 오늘, 내일 하는 판에도 나는 일에 매달려 있어야 했다. 아내가 아이를 낳으려고 병원에 간다는 전화를 받았어도 개인적인 일로 공적인 일들을 미룰 수 없다는 책임감 때문에 빠져나갈 수가 없었다.

게다가 그날 밤에는 차장 검사와 기자들이 모여 술자리를 가지는데 중요한 이야기들이 오고 갈 것이라며 빠지지 말라는 당부까지 받은 것이었다. 나는 아내가 그 날 몸을 풀지도 모른다는 말을 꺼내지도 않았다. 아내는 병원에서 아이를 낳았다는데, 나는 다른 검사들과 기자들이 모인 자리에서 폭탄주를 마셔야만 했다. 술이 센 편인데도 그 날은 마음이 콩밭에 가 있어서 그랬는지 술이 잘 받지 않았다. 술자리를 마치고 집에 서둘러 들어가 술이 깰 때까지 잠시 눈을 붙인 후 목욕을 하고 바로 아내가 있는 병원으로 향했다.

잠시 잠을 잔다고 잤는데도 여전히 술기운이 남아 있었다. 아이를 보러 신생아실 앞으로 가자 간호사가 정현이를 데리고 나왔다. 취기가 약간 남아 있는 상태에서 아이를 보는데도 의심할 여지없이 내 딸이었다. 건강한 아이를 갖게 된 것이 감사하고 또 감사했다. 게다가 나를 쏙 빼닮은 딸아이를 보니 정말 감개무량했다. 아이를 너무나 안아보고 싶었지만 소독하지 않은 손으로 신생아를 안고 만지는 것은 좋지 않을 것 같아 아빠의 목소리라도 들려주려고 정현이의 얼굴 가까이로 다가가

"아빠다." 하고 부드럽게 말해 주었다.

흐뭇하게 미소가 번지는데, 이상하게 정현이는 채 눈도 못 뜬 얼굴을 일그러뜨리며 이상한 표정을 짓는 것이었다. 내 목소리를 못 알아들은 건가? 내가 이상하게 여기고 있는 동안 정현이가 잠시 볼을 씰룩거리더니 먹은 우유를 토해내기 시작했다. 세상에나, 내 입에서 술 냄새가 났던 모양이었다. 갑자기 이상한 자극에 갓난아이가 토한 것이었다.

정현이가 이 세상에 나와서 맞는 아빠와의 첫 대면은 그렇게 완

전히 엉망이 되고 말았었다. 그렇게 광주에서는 초임 검사로서 열심히 지냈어도 남편으로서, 아빠로서는 별로 높은 점수를 받지 못했을 것 같다. 아쉽고, 미안한 마음이 크다. 역시 처음이라는 것은 시행착오가 있는 것인가 보다.

우여곡절의 울산 이야기

　텔레비전에 경상도 사투리를 쓰는 드라마가 나오기에 정현이에
게 따라해 보라고 시켰더니 영 어색하다. 껄껄 웃으면서 너 어렸
을 때는 경상도 사투리 잘했는데 지금은 왜 이러냐고 하니까 고개
를 갸우뚱하는 폼이 아빠가 무슨 말을 하나 싶은가 보다.

　내가 광주지검에서 울산지검으로 발령을 받은 것이 정현이가
아마 14개월이 되었을 즈음일 것이다. 조금씩 말을 배우는 아이가
울산 사람들이 하는 말들을 알아듣고 사용하더니 좀 더 커서 놀이
방에 갔을 무렵에는 완전히 울산 사람이 다 되어서는 엄마 아빠도
못 따라하는 사투리를 하는 것이었다. 그 모습이 어찌나 귀엽고
예쁘던지 내 자식이지만 정말 눈에 넣어도 아프지 않을 것 같았
다. 고 조그만 입에서 튀어 나오는 울산 사투리가 너무나 정감이
있고 재미있어서 매일을 그 낙에 살았던 것 같다.

　집에 들어가면 일단 정현이에게 이것저것 물어봐 대답을 유도
하고 사투리 시켜보고 하며 거의 매일을 정현이의 원맨쇼로 살았

다고 해도 과언이 아니다. 지금 정현이가 벌써 초등학교 이 학년이나 되었으니 그 때 일을 기억할 리가 없다. 울산에 살 때는 잘만 하던 사투리를 이제 경상도 사람이 말만 조금 빨리 해도 나에게 통역을 부탁할 정도로 까마득해져 버린 모양이다. 나에게는 엊그제 같은데 말이다.

검사로서 첫 발걸음을 떼 놓았던 광주만큼 울산도 내게는 참으로 특별한 곳이다. 광주지검에서만큼 울산에서도 나는 많은 것을 배웠다. 광주에서 나는 햇병아리 검사로서 열의에 활활 불타올라 일을 배워나가고 있었다면 울산에서는 그 기운을 다스리고 주변과 어떻게 조화를 이룰 수 있으며 일을 어떻게 효과적으로 정리하고 처리해 나가는지를 배운 곳이라고 할 수 있다. 정현이가 울산 말을 하나하나 배웠듯이 나는 울산에서 조직을 배웠다.

그 때 계셨던 부장검사님은 나보다 딱 십 년 연상인데 지금도 내가 믿고 따르는 분들 중 한 분일 정도로 유능하고 인간적인 분이시다. 내가 울산지검에 갔을 때 그 분도 울산에서 처음 부장 검사를 하게 되셨는데 옆집 아저씨처럼 텁텁하고 수더분한 외모와는 달리 꼼꼼하게 일처리 하는 방식을 나에게 거의 스파르타식으로 가르쳐 주셨다. 아주 타이트하게 페이퍼와 기획서 작성하고 보고하는 요령에서부터 함께 일을 하는 사람들과 어떤 방식으로 조화를 이루고 해야 하는지, 그리고 어떤 위치에 있으면 어떤 역할을 해야 하는지에 대해 많은 점을 느끼게 해 주셨다.

당시 그 부장님은 관사에서 혼자 계셨기 때문에 저녁에 약속이 있냐고 물어서 없다고 말하면 항상 함께 저녁 식사를 하곤 했었다. 원래 한국 사람들이 함께 밥 먹는 것에 특별한 의미를 두고 혼자 밥을 먹으면 왠지 쓸쓸할 것만 같은 생각들을 하는데 나 역시 부장님이 혼자 식사하는 것을 그냥 보고만 있을 수는 없었다.

하루는 아내가 퇴근 시간 무렵에 내가 집에 언제쯤 들어갈 것인지를 묻는 전화를 했다. 맛있는 밥을 지어 놓았으니 일찍 들어오라는 것이었다. 알았다고 대답을 해 놓고는 부장님께 저녁에 약속이 있냐고 물으니 혼자 저녁을 잡수시게 생긴 것이었다. 그 이야기를 듣고 그냥 혼자 집에 가서 나 혼자 따뜻한 밥을 먹기가 미안해져서 부장님과 저녁을 함께 먹고 가볍게 맥주도 한잔씩 마셨다.

그리고 집에 들어가려는데 호주머니에 핸드폰을 보니 전화가 몇 번 왔었던 것이었다. 당시에는 발신자 번호 표시가 없었지만 나는 아내가 걸었던 전화임을 확신할 수 있었다. 그때서야 아내가 맛있는 밥을 해 놓았으니 일찍 들어오라고 말한 것이 기억이 났다. 집에 들어가서 보니 아내는 정말 골이 나 있었다. 밥상 위를 보니 아내가 시장을 보고 와서는 특별 메뉴들을 만들어 놓은 것이었다. 슬그머니 미안해져서 이 사태를 어떻게 수습하나 싶었다.

"그냥 밥 해 놓았다고 하지 말고 이것저것 장 보고 정성 들여 상

차렸다고 그랬어야지. 나는 대수롭지 않게 생각했었잖아."

아내는 그래도 서운했는지 아무리 바쁜 검사라지만 집에서 저
녁도 못 먹는 것이냐며 서운함을 표출했다.

"부장님이 혼자 식사를 하실 것 같아서 함께 밥 먹느라 그랬어.
그런 건 이해를 좀 해줘야지."

내가 그렇게 말하자 아내는 더 뿔이 났는지 등을 돌려 앉기까지
했다. 나도 아내 입장을 이해하고 내 입장도 잘 설명하고 했으면
그냥 그러고 넘어갔을 텐데 아내 입장에서는 남편이 미안하다는
소리도 안 하고 그저 이해만 하라고 하니 화가 났던 모양이었
다. 급기야는 아내가 자기하고 살지 말고 관사로 들어가 부장님하
고 살라는 말까지 했다. 무던하게 나를 이해만 해 주던 아내가 그
렇게까지 말한 것을 보니 몹시 화가 났던 모양이었다.

그도 그럴 것이 내가 광주지검에 있을 때만 해도 점심시간이 되
면 점심 먹으러 가기 직전에 광주지검 앞에 김치찌개로 유명한 식
당에서 점심을 사서 잠깐 집에 들러 아내에게 점심을 가져다주기
도 하고 했었기 때문이었다. 아내가 임신을 하고 있어서 맛있는
것을 먹이고 싶은 마음도 있었지만 혼자 집에 있을 아내가 쓸쓸할
까 봐 잠깐 얼굴을 보러 가기 위한 것이기도 했다. 그렇게 잠깐 아
내의 얼굴을 보고 나면 다시 후다닥 들어와 직원들과 식사를 하러
갔다.

집이 광주지검에서 오 분 정도밖에 걸리지 않았기 때문에 가능한 일이기도 했다. 그런데 울산에 오니 그런 잠깐의 행복은 없고 저녁 한번 남편과 마주 앉아 먹을 수가 없으니 꽤나 서운했었던 모양이었다. 그런 아내의 마음을 헤아리지 못하고 그저 이해만 하라고 했으니 오죽 야속했을까. 지금도 가끔 그 이야기가 나오면 나는

"당신이 남자들의 우정을 알아?"

이렇게 말하며 얼렁뚱땅 넘어가곤 한다. 그러면 아내는 눈을 가늘게 뜨고 나를 흘겨보는데 나는 모른 척하기 일쑤이다. 그것뿐만 아니라 아내가 나에게 서운해할 만큼 울산에서 나는 참 바빴다. 아무래도 광주에 있을 때보다 내가 아내의 마음을 헤아리지 못했던 탓이었을 게다. 게다가 울산은 큰 회사의 계열사들이 밀집해 있는 도시라 크고 작은 노사분규로 나는 무척이나 바쁘게 지냈다.

많은 노사분규 사건들 중 특히 기억에 남는 사건은 1997년 IMF 사태로 인해 일어났던 노사분규 중 하나였다. 그 회사는 IMF 사태 때문에 최초로 정리 해고를 단행했었는데 그에 대해 반대하는 파업이 일어났던 것이었다. 나는 돌발 상황이 일어나면 당장 튀어 나갔어야 했기 때문에 핸드폰을 손에 쥐고 잘 만큼 촉각을 곤두세우고 있었다. 그러니 상황이 끝날 때까지 집에 들어가는 일은 거의 불가능했다. 일촉즉발의 상황 속에서 우리는 공권력의

투입 여부를 심각하게 고려하고 있었고 만약 투입이 된다면 수만 명이 투입될지도 모르는 상황이었다.

회사 안에서는 바리케이드로 외부와 차단을 하고 모든 것을 폭력으로 제압한 상태였다. 다행히 공권력이 투입되기 직전에 극적인 타결을 보게 되었지만 민주주의의 이 땅에서 '해방구'가 다시 재연되고 있다는 것은 충격적인 일이었다. 어느 집단이든, 어느 단체든 집단행동을 하면 군중 심리라는 것이 있기 때문에 언제나 그것을 고려해야 한다. 그럼에도 불구하고 그것을 이용하는 것은 지극히 위험한 일이고 독재나 다름없는 짓이다. 군중 심리를 히틀러만큼 잘 이용한 사람이 없었다. 그러나 그가 한 짓들은 무엇이었는가. 다시 되돌리기도 고통스러울 만큼 끔찍한 것들이지 않은가.

어쨌거나 울산에서는 많은 일이 있었다. 가만히 생각해보니 내가 검사를 하면서 했던 가장 큰 실수도 울산지검에서였다. 사람이 하는 일이니 어디 항상 완벽할 수 있겠는가. 마음을 비우고 후에 부끄럽지 않기 위해 주어진 일에 그저 성실하게 일을 하는 것뿐이지 사실 크고 작은 실수들을 저지르는 것은 나도 다른 사람들과 마찬가지다.

지방 선거 때 일이었다. 공안과에 어떤 정보가 들어왔는데 무슨무슨 아파트에서 어떤 여자가 돈을 뿌리고 있다는 것이었다. 유권

자들을 돈으로 현혹시켜 표를 사는 것은 언제나 엄격하게 다루어야 한다. 처음 공안 검사가 되었을 때나 지금이나 나는 그 생각에 변함이 없다. 왜냐하면 민주주의의 가장 기본은 선거인데 그 선거에서 돈으로 표를 산다는 것은 민주주의의 의미를 훼손하는 것이 아니고 무엇이겠는가. 지금도 선거 사범으로 잡혀 간 사람들은 무겁게 처벌을 하고 다시는 정계에 나오지 못하도록 더 엄한 법을 만들어야 한다고 생각하고 있는 내가 당시라고 해서 달랐겠는가?

나는 수사관들에게 그 제보가 사실인지 확인을 시키고 정황을 파악한 후 그 여자를 긴급체포했다. 스스로는 민주주의의, 선거의 수호자가 되었다고 생각하고 조사를 하는데 잡아온 이 여자가 범인이 아니었던 것이었다. 마치 어떤 우스갯 소리에서 나온 이야기처럼 이 산이 아닌가벼, 하듯이 이 여자가 아닌가벼 한 것이다. 지금이니까 우스갯소리에 빗대어 이야기를 하지 당시에는 이렇게 편하게 말할 상황은 아니었다.

평범하게 살던 사람이 갑작스럽게 그런 일을 당했으니 얼마나 황당했겠는가. 사과를 하고 돌려보낸 후 영 마음이 편치 않아 입회 계장과 함께 직접 집으로 찾아가 사과를 했다. 겨우 수박 한 통과 참외 몇 개 사가지고 갔는데 다행히 넓은 마음으로 이해를 해주는 것 같았다. 진심으로 사과를 해서인지 진심이 통했다는 것이 참으로 다행스러운 일이었다. 울산에서는 참 우여곡절도 많이 있었다. 이런 일들을 한 번씩 겪을 때마다 부쩍 스스로 깨닫는 것이 많다는 생각을 하곤 한다.

공부도 중요하고, 누군가에게 좋은 조언을 듣는 것도 삶이라는 것에 좋은 자양분이 되지만 경험만큼 가슴에 진하게 와 닿는 것도 없는 것 같다. 아직 나는 젊은 나이라고 생각되지만 하나하나 경험하며 깨닫기에는 우리 삶이 너무 짧은 것이 아닌가 싶다. 하루하루가 소중하다. 오늘이라는 것은 어제 죽은 사람이 그렇게 간절히 바라던 내일이라는 말도 있지 않은가.

시드니에서 아침을

  검사들은 경력이 4년이 넘으면 나라에서 유학을 보내주는 제도가 있다. 고등학교 때 학력고사가 끝나고 한국 청소년 연맹에서 일본을 일주일 동안 간 것과 신혼여행으로 하와이를 다녀온 것 외에는 그다지 해외에 대한 경험을 할 기회가 없어 오랜 기간 머무르며 외국의 실상을 보고 싶다는 생각이 들었었다.

  내 눈으로 직접 다른 나라에서는 우리나라를 어떤 시선으로 바라보는지, 우리나라를 어떻게 생각하는지 알고 싶었고 더불어 다른 나라의 좋은 점들을 잘 배워 우리나라의 실상과 비교해 보고 싶은 마음이 컸다. 처음에는 그런 생각으로 나라에서 검사들을 보내주는 유학을 떠나야겠다고 마음을 먹었었는데 역시나 후에 법무부 국제법무과에 근무하면서 호주에서의 유학 기간이 여러 가지 면에서 도움을 참 많이 주었던 것 같다.

  일단 나라에서 보내주는 유학을 가려면 어학시험을 치러야 하는데 그 기회는 네 번 정도가 허락되어 있었다. 서울지검에서 근무를 하면 나 역시 자격이 된다는 사실을 깨닫고 유학을 가야 되겠다는 생각을 했다. 사법고시도 독일어를 보았으니 영어권보다는 다른 곳들을 가보는 것도 좋겠다는 생각에 대뜸 스페인어를 공부하기 시작했다.

솔직히 눈코 뜰 새 없이 바쁘고 툭하면 밤을 새는 검사 생활에 공부하는 일이 만만치 않게 느껴져서 경쟁률이 높은 영어권보다 비록 한두 명밖에 뽑지는 않지만 상대적으로 경쟁률이 낮은 제3국을 지원해서 가는 것도 괜찮겠다는 안이한 마음도 약간은 있었다. 한참 스페인어 테이프를 들고 다니면서 듣고 틈틈이 시간 나는 대로 책을 보고 하는데 어느 날 내가 스페인으로 지원하려 한다는 것을 아신 장인어른께서

"영어로 시험 보는 것이 그렇게 힘든가?" 하시는 것이었다.

장인어른은 내가 영어권이 아닌 스페인으로 유학을 준비한다는 것에 특별한 생각이 있으셔서 한 말씀은 아니었다. 별 의미 없이 경쟁률이 그렇게 높은지 물어보시는 의미에서 한 말씀이셨는데 마음 한구석에 있었던 안이한 마음을 들키기라도 한 양 가슴이 뜨끔하고 도둑이 제 발 저리다고 은근히 혼자 자존심도 상했다. 괜한 자존심에 열심히 공부하면 되겠지 하는 마음으로 그 길로 달려가 영어 토플 시험을 접수했다.

일단 준비도 없이 토플 시험을 치르니 점수는 별로였다. 아내는

공부도 하지 않고 그 정도 점수를 받았다면 잘 한 것이라고 격려를 해 주었지만 채 성에 차지 않는 점수였다. 그냥 웬만한 곳에 내놓는 점수도 아니고 경쟁률이 꽤 높은 일종의 국비 유학생 대열에 오르는 것인데 그 점수로 가당치도 않을 것이라는 생각이 마음에 꽤 조급했었던 것 같다. 본격적으로 공부를 좀 해 보아야겠다는 생각에 나는 서울지검에서 멀지 않은 곳에 영어 토플 학원을 등록했다.

시간을 내기가 힘들어 주말반을 등록한 것이 오히려 주말의 여유를 만들어 주었다. 주말을 영어 공부에 할애하기 위해 어떻게 해서든지 토요일 오전까지 모든 일을 마치려고 무던히 애를 썼다. 그러고 나니 오후 한 시부터 저녁 여섯 시까지 하는 토플 수업을 듣고 나면 그 이후 시간은 공부를 하고, 주중 동안 가족과 보내지 못한 시간을 보낼 수 있는 여유가 생긴 것이었다.

지금 생각해 보니 바쁜 와중에도 참 행복했던 시간이었다. 아내는 그 무렵 소현이를 임신하고 있었는데 학원이 파하는 시간에 맞추어 학원 앞으로 나를 마중 나와 주기까지 했다. 언제나 나는 수업이 끝나면 정현이 손을 잡고 임신한 몸으로 학원 앞에 나와 있는 아내에게 달려나가 그날 저녁의 메뉴를 결정했다. 아내가 임신 중이니 이것저것 맛있는 것도 많이 챙겨 먹었다. 강남에 있는 맛집들은 거의 다 돌아다니다시피 했고 강남에서 가까운 다른 곳들도 맛있는 식당이라면 다 꿰고 있다가 아내에게 꼭 맛을 뵈었다.

그렇게 행복한 데이트도 딱 이 개월뿐이었다. 선거사범 수사를 맡게 되면서 학원을 다니는 것이 불가능해져 버렸고 아내와 정현이, 그리고 뱃속의 소현이와 하는 즐거운 데이트는 그와 함께 힘들어지게 되었다. 선거가 끝이 나고 수사도 마무리가 되었지만 나는 공부한 것은 채 마무리도 짓지 못하고 유학 시험을 보게 되었다. 스페인어를 공부하다가 영어로 느지막이 과목을 바꾸어 공부한 데다가 제대로 공부를 못해 턱걸이로 유학 시험에 합격하게 되었다.

좋은 성적을 내었으면 미국이나 영국을 갈 수 있었을 텐데 하는 아쉬움도 있었지만 짧은 시간 공부하고 유학 시험에 합격했으니 그것으로 만족해야 했다. 그래도 영어권 시험에 붙었으니 장인어른께 할 말은 있겠다고 속으로 생각을 하니 멋쩍게 웃음이 나왔다. 사실, 장인어른은 그런 말씀을 하셨는지도 잊고 계셨을 게다.

우리 가족들은 2001년 7월 중순 즈음에 호주로 떠났다. 7월의 쌀쌀한 날씨가 이국적으로 느껴졌다. 우리는 노스 시드니(North Sydney)로 하버 브리지(Harbour Bridge)를 건너면 바로 있는 연립주택 같은 빌라에 자리를 잡았다. 생각해 보니 나는 제대로 된 이사를 해본 것이 그 때가 처음이었던 것 같다. 서울에서 광주로, 광주에서 울산으로, 다시 서울로 우리나라를 순환하듯이 옮겨

다녔지만 항상 너무 바쁘게 일을 하고 있는 중이어서 이사는 모두 아내의 몫이었다.

　혼자 이사를 감당하는 아내에게 미안하고 고마운 마음은 항상 있었지만 솔직히 포장 이사가 힘든 것들을 거의 해결해 줄 것이라는 생각에 좀 안심을 하고 있었다. 그런데 이사가 그렇게 힘든 것인 줄은 그 때 처음 알았다. 게다가 호주의 이사는 정말 가관이었다. 호주에 도착하고 이십 일 정도가 지나자 한국에서 짐이 도착했는데 세상에 이럴 수가, 한국하고 달리 포장 이사 박스들을 모조리 문 앞에 놓아두고 일꾼들은 모두 순식간에 사라져 버린 것이었다.

　겨우 십오 개월밖에 되지 않은 소현이가 먼지를 먹을까 한쪽 구석에 피신을 시키고 정현이가 쫄랑쫄랑 이삿짐 사이로 다니다가 다치지 않을까 단속을 시키며 하나씩 이삿짐을 푸는 일은 보통 일이 아니었다. 산 넘어 산이라고 일단 박스를 열어 물건들을 확인하고 나니 그 날 안에 짐을 풀어 정리하는 것은 거의 불가능해 보였다. 게다가 이사를 하면서 시켜서 먹을 수 있는 것은 아무 것도 없었다. 오로지 피자뿐이었다. 짐을 푸는 동안에는 오로지 피자만 먹을 수 있다는 의미였다.

　그 순간 벌써 나는 한국이 그리워지고 있었다. 느끼한 피자를 아침으로 먹으면서 과연 우리 식구들이 별 탈 없이 호주에서 잘 적응할 수 있을지 걱정이 되었다. 지금 생각해 보니 시드니에서의 첫인상은 오드리 헵번은 뉴욕의 티파니 보석상 앞에서 아침을 먹었지만 나는 시드니에서 피자로 아침을 때운 것밖에는 기억이 나지 않는다. 이국에서의 시작은 그만큼 설레는 것이었지만 그만큼 두렵고 막막한 것이기도 했다.

생활의 발견

생각해 보니 나는 시드니 생활에 참 빨리 적응했었던 것 같다. 정현이도 시드니에서 학교를 다녀야 하는 것이 너무나 걱정이 되어서 한국에서 미리 간단한 영어 회화를 가르치고 갔었는데 생각했던 것보다 훨씬 더 학교에 잘 적응하고 친구들과도 잘 어울렸던 것 같다. 아내도 나름대로 시드니의 생활을 즐기고 있었고 일단, 이제 겨우 돌이 지난 소현이를 돌보느라 무척 바빴었다.

가족들이 모두 일단 시드니 생활에 적응을 하고 나서 보니 적응하기 전에는 그저 막막하기만 했던 생활이 너무나 여유롭게 바뀌어 있다는 것을 발견할 수 있었다. 아내와 나름대로 데이트도 즐기고 정현이, 소현이 임신했을 때 나름대로 태교도 돕고 여행도 가고 했었지만 솔직히 매일매일 가족과 함께 가족적인 분위기로 일상을 보낸 것은 아니었다. 언제나 나는 아빠로서, 밤낮으로 일을 하기에 바빴었다.

그러나 호주에 가고 보니 일단 밤까지 붙들고 있어야 할 일들이 없었고 공부가 밀리지만 않으면 얼마든지 내가 여유 있게 시간관리를 할 수 있었다. 게다가 서양 남자들이 자기 가족들 위하고 주말을 오로지 가족들과 함께 보내는 가정적인 모습을 보니 슬그머니 아이들에게도, 아내에게도 미안해지기 시작했다. 길지 않은 시간이지만 가족들에게 최선을 다해야지, 저절로 결심을 하게 되었다고나 할까.

주말은 완전히 내가 살림을 도맡아 하기로 아내에게 통보를 했다. 처음에 아내는 반신반의하면서 한번 해보라는 식이었다. 시간적 여유가 생기면서부터 설거지는 내가 거의 하는 편이었는데 아마 아내는 주말에도 그 정도의 일 이상은 하지 않을 것이라고 생각했었던 모양이다. 그래도 내가 주말의 살림을 도맡겠다는 의지를 보이고 팔을 걷어붙이니 일, 이 주만 하고 끝날 것이라도 하겠다는 의지가 가상해 보였었나 보다.

첫 주말이 되자 일단 소현이와 아내는 놓아두고 정현이만 데리고 쇼핑센터에 갔다. 호주는 일품요리가 인스턴트 식으로 무척 많이 나와 있다. 우리나라에는 냉동 만두나 돈가스가 고작이고 간혹 백화점 같은 곳에 해물탕 같은 것이 나와 있는데 호주만큼 그 종류가 다양할까 싶다. 그곳에는 종류가 다양할 뿐만 아니라 같은 요리라 할지라도 향신료와 양념에 따라 선택을 할 수 있을 만큼 일품요리의 천국이라고 할 수 있다.

나같이 요리에 서툰 사람들도 잘만 고르면 우리 입맛에 잘 맞는 일품요리를 건질 수 있다. 요리 이름이 무엇인지도 잘 모르고 대충 괜찮을 것 같은 것을 집어와 서투르지만 기름에 좀 볶고 끓이고 하면 얼렁뚱땅 요리가 되는 것이다. 처음 주말에는 밥은 밥솥이 하고, 있는 반찬들을 좀 꺼내어 놓고 그렇게 얼렁뚱땅 만들어 놓은 국적불명의 요리들을 내 놓으니 아내가 놀라는 눈치였다. 아장아장 걸어 다니면서 소현이도 손으로 덥석 집어먹는 것을 보니 맛은 그리 나쁘지 않았던 모양이었다.

그러고 나니 그 다음부터는 아이들이 좋아할 것부터 생각이 나 기분이 꽤 좋기도 하고 은근히 그 얼렁뚱땅 인스턴트 요리들이 탄로 날까 걱정이 되기도 했다. 나중에 안 사실이지만 아내는 이미 나의 첫 요리에서부터 눈치를 채고 있었다. 요리를 즐기는 아내가 장을 보면서 그런 인스턴트 요리를 눈여겨보지 않았을 리 있겠는가. 나는 그것도 모르고 꽤 근사한 요리를 해 내지 않았냐며 어깨를 으쓱했었던 것이다.

그 이후에는 아내의 코치로 간단한 국과 밥을 끓여 내 놓는 것은 어느 정도 할 수 있게 되었다. 그래도 요리하는 일이 보통이 아니어서 주말의 요리를 몽땅 내가 다 하는 일은 아내가 생각했던 대로 흐지부지 되어 버리고 말았다. 그래도 해놓았던 말이 있어 주말이면 최소한 밥은 다 했었던 것 같다. 그러고 보니 내가 배운 요리는 모조리 다 호주에서 배운 요리다. 요리하는 것만도 보통일이 아닌데 온갖 것들을 신경 쓰며 살림하는 아내들, 참 대단하다.

내가 간단한 요리를 익히는 동안 정현이는 시드니에서 자전거를 익혔고, 소현이는 걸음마를 익혔다. 시간이 날 때면 동네 근처에 있는 공원에 나가 균형을 잡지 못해 위태위태한 정현이의 자전거 실력을 부쩍 늘려 놓았다. 정현이가 자전거를 타다가 넘어질까 뒤를 잡으며 한참을 뛰어다니다가 숨이 차면 잠깐 쉰 뒤에 유모차에 태워 놓았던 소현이를 내려놓고 위태위태하게 걷는 아이의 뒤를 쫓아다녔다. 정현이는 자전거가, 소현이는 걸음마가 위태위태하던 때였다.

정현이도 소현이도 균형을 잡는 것이 서툴러, 정현이는 삐뚤삐뚤 핸들을 잡고 자전거를 달렸고, 소현이는 어그적 어그적 간신히 걸음을 걸었다. 그러다가 잔디가 있는 곳에서 아이들에게 간식을 주고 아내와 함께 담소를 나눌 때면 이것이 가족의 행복이 아닌가 하는 생각이 들었다. 그 동안 바쁘다는 핑계로 가족 간에 여유를 느끼지 못했으니 아빠로서 나는 몇 점이었을까. 아이들과 아내에게 미안하다는 생각이 들었다. 그러나 아마 다시 한국으로 돌아가게 된다면 전과 같은 생활을 하게 될 것이 틀림없었다.

내게 가장 소중한 가치를 가진 것은 응당 가족이지만 나에게 주어진 일과 책임을 다하는 것이 내 가족이 한국에서 행복하게 살고, 내 딸들이 자신의 꿈을 마음껏 펼쳐 나갈 수 있는 길이라 생각하고 있기 때문에 다시 여전히 정신없이 바쁜 검사로 돌아가 있을 것이라고 생각하곤 했다. 정현이가 태어날 때조차 나는 가보지도 못하지 않았었던가. 미안한 마음이 들면 들수록 시드니에서의 여유는 한국에서는 불가능하리라는 확신이 들었다.

어느 코미디 프로에서 그랬던가, 있을 때 잘 하라고? 나도 할 수 있을 때 잘 해야겠다는 생각으로 적어도 호주에서는 아이들에게 백 점 짜리 아빠가 되자고 결심을 했다. 그러다 보니 아이들은 무슨 일만 생기면 아빠를 찾는 파파 걸들이 되고 말았다. 정현이는 그래도 학교 다닐 정도가 되니 엄하게 할 때는 따끔하게 타이르고 해서 아빠 무서운 줄도 아는데 소현이는 아기다 보니 무조건 아빠가 다 해결해 주는 사람이라고 생각을 하는 모양이다. 배가 고파도, 응가했다고 말할 때도, 놀아 달라고 할 때도 나만 찾는다.

한국에 돌아와 다시 바빠진 지금까지 아빠를 찾는 아이들을 보니 완전히 가족을 위해 호주의 일년을 투자한 것이 얼마나 잘 한 것인지 안심하게 한다. 나에게는 정말 생활이 이런 것이구나 하는 깨달음을, 아이들에게는 아빠와의 좋은 추억을 간직할 수 있는 좋은 기회가 아니었을까.

광야에서

울산에서 서울지검으로 오니 이곳이 서울이구나 하는 생각이 들었다. 불과 몇 년을 제외하면 내가 살아온 나날 중 서울에서 보낸 시간이 가장 길었음에도 광주와 울산에 있다가 서울로 올라오니 새삼스럽게 서울이 크다는 것이 실감이 났던 것이다.

서울에 올라오기 직전만 해도 지방에서는 함께 공을 차고, 함께 밥을 먹고, 함께 일을 하던 일종의 공동체가 서울은 더 이상 존재하지 않는 것처럼 보였다. 일하고 있는 부서 사람들이나 좀 친하지 같은 서울지검에 있으면서도 얼굴 한번 마주치지 않고 이름도 모르는 검사들이 수두룩했다. 함께 일하는 사람들에게 정이 많은 나는 서울지검의 그런 북적거림이 좀 서운하게 느껴지기까지 했다.

서울지검에 있을 때 군사기밀보호법위반 사건을 맡은 적이 있었다. 민간인에 대한 이런 사건은 국군기무사가 수사를 하게 되는데 법적으로 검사의 지휘 하에서 수사를 하도록 규정되어 있다.

서울지검 공안 1부에 있을 때 일이었다. 그 때 뉴스와 신문에서는 어떤 검찰총장의 소위 '옷 로비 의혹사건'이 떠들썩했을 때였다. 검사나 검찰에 대한 국민들의 불신이 너무나 높아져 있었던 때여서 검사로서 무척 우울했었다.

그런 사건들을 지켜보면서 검사로서 하도 회의가 느껴져서 차라리 군대 같은 곳에 가버렸으면 좋겠다는 생각을 하곤 했었다. -9 디옵터인 눈 때문에 군대도 면제였는데 엑시머 레이저 수술해서 눈이 좋아졌으니 나라에서 영장을 보내지 않아도 내가 자원하면 군 입대를 할 수 있지 않을까 생각하고는 기무사 소령에게 군대 갈 수 있는 것인지를 물었다.

"나라에서 검사님은 이미 필요 없답니다. 나라도 아쉬울 것 없습니다."

소령이 허허 웃으며 소급 적용되지 않는다는 말을 농담 반, 진담 반으로 재미있게 대답하는데 나는 검사에 대한 믿음이 밑바닥으로 떨어지고 있는데도 어디로 도망도 못 가고 계속 검사를 해야 하는구나 생각하면서 좀 씁쓸했었던 기억이 있다.

일을 하다가 보면 좋은 일도 생기고 나쁜 일도 생기기 마련인데 그런 일들은 어느 정도 감수를 하면서 지내야 한다. 일을 하다 보면 어찌 내가 원하는 방향으로만 갈 수 있겠는가. 어려운 일이 있거나 원하는 대로 일이 잘 진행되지 않으면 나는 언제나 내가 검

사가 왜 되고 싶었는지, 얼마나 검사를 하고 싶었는지를 생각한
다. 그러나 그런 개인적이고 근본적인 나 개인의 꿈을 실현하는
것이라는 생각을 무릅쓰고 정말 그 회의감을 이기지 못할 때가 있
다.

　그런 회의감을 이기지 못한 사건 중 대표적인 것으로 모 정치인
에 대한 사건이 있었다. 상부에서 그에 대한 긴급체포 명령이 떨
어졌음에도 불구하고 그 정치인을 체포하는 데 실패를 하고 말았
는데 그로 인해 소위 잘 나간다는 검찰간부들이 한직으로 좌천이
될 정도의 일이었다. 이 사건을 지켜보면서 정치와 검찰의 암묵적
커넥션이란 것을 여실히 실감하게 되었다. 새삼스러울 것도 없다
고 말하는 검사들도 있지만 나는 그것을 지켜보며 가슴이 답답해
져 왔다.

　형식적으로는 검찰이 독자적으로 의견을 제시하고 수사의 방향
을 잡는 것이 맞는데 현실적으로는 그렇지 못하다. 정치권이 검찰
을 장악하는 일은 생각 외로 어렵지 않다. 과거 많은 일들이 그런
식으로 이루어져 왔고 대통령이 구체적인 사건에 대해서는 언급
도, 개입도 할 수 없음에도 불구하고 입김을 넣는 경우들이 있었
다. 이러한 것은 검찰의 인사권을 가지고 검찰을 좌지우지할 수
있다. 그래서 검찰의 인사권은 독립되어져야 하는 것이다.

　그리고 제 17대 대통령 선거 결과 새로운 대통령이 당선되었고,

소위 "참여정부"가 출범했다. 그와 함께 새로운 대통령과 유사한 부류들이 마치 "권력로토"에 당첨된 것처럼 득세하기 시작했다.

새로운 정부와 정치권이 검찰을 장악하는 과정에서 어지럽혀지는 혼란들과 이유도 없이 모멸을 당하며 검찰을 떠나는 선배들, 그 와중에도 정치권에게 줄을 대어 보겠다고 애를 써서 결국 자리를 보전하거나 더 좋은 보직을 받는 일부 검사들을 보며 나는 분노하기도 했고 착잡해하기도 했다. 어렸을 적부터 검사가 되고 싶었고 결국 검사가 되어 얼마나 즐겁게 일했으며 내가 가진 소명을 다 이루려고 얼마나 노력을 했던가. 그런 생각들은 그 어떤 어려운 일을 당해도 내가 그 어려움을 견디게 해 주었는데 그런 일들은 내가 도저히 견딜 수 없는 일들이었다.

한 번 비굴한 선택은 그 한 번의 선택에서만 그치는 것이 아니다. 한 번 비굴한 선택을 했다면 그와 관련된 일들에 대해서는 모두 비굴한 선택을 해야만 한다. 검사를 천직으로 여기고 사명감으로 정의로운 일을 하겠다는 초심(初心)은 그 한번의 비굴한 선택으로 무너져 내려버린다. 다시 복구될 수 있을 것 같지만 이미 깨진 유리잔에는 물을 담을 수 없는 법이다.

검사라는 조직 안에서 나는 개인적으로 참 행복했지만 그것을 다 반납하기로 결심했다. 좋은 선배, 동료들 안에서 내가 흘린 땀은 그 어떤 것과도 바꿀 수 없는 것이었다. 그러나 내 양심이 옳지 않다고 생각하는 무능력한 부류들이 득세하고 정책을 농단하는 것에 침묵할 수 없었다. 그래서 나는 당당하게 사직서를 내놓았고 변호사로 내 명패를 바꾸었다. 그래도 여전히 그 때 그 자리, 그곳이 그리운 것은 사실이다.

변호사 생활을 하는 지금, 검사 때처럼 나를 감시하는 눈이 없음에도 불구하고 아주 사소한 것이라도 불법과 타협하지 않고 소신대로 밀어붙이는 것도 내가 검사를 그만둔 이유 때문이다. 변호사라는 자리는 사실 유혹이 많은 자리다. 그럼에도 불구하고 꿋꿋하게 하늘을 우러러 한 점 부끄럼이 없는 삶을 살려고 하는 것은 그 때 그런 상황에서 검사를 그만둔 내가 어찌 소소한 눈앞의 이익 때문에 어렵게 내린 결단을 훼손시키지 않기 위해서이다. 게다가 아빠를 멋쟁이 검사로 알고 있었는데 변호사가 되었다고, 혹은 다른 일을 한다고 해서 옳지 않은 것들과 타협을 하는 모습을 내 딸들에게 어떻게 보여 줄 수 있단 말인가. 그 모든 것들을 고려하고 있는 사람이 법을 수호하고 법을 만들어 내는 자격이 있는 사람이 아닐까 생각한다.

내가 앞으로 어떤 자리에서 어떤 일을 하고 있을지는 알 수 없지만 아무리 어려운 상황에 부닥쳐도 결코 불법과는 타협하지 않으리라고 가부좌를 틀고 앉아 언제나 다짐을 하곤 한다. 물론 딜레마적인 상황은 언제나 존재할 수 있다. 법을 지키자니 원하는 방향으로 진행될 수가 없고 불법을 저지르자니 양심이 우는 상황들이 있다. 많은 사람들이 그 사이에서 갈등을 하고 있다는 것이 아마도 솔직한 이야기일 것이다.

그러나 나는 내가 진심을 가지고 있다면 사람들이 그 진심을 깨달아 주리라고 믿고 있다. 현실을 생각하자면 불법을 저지를 수밖에 없지만 불법을 저지르지 않으면서도 내가 바라는 것들을 실현시키려는 나의 간절한 바람을 이해해주고 도와줄 것이다. 간혹 어떤 사람들은 이런 말을 하는 날더러 계속 검사만 해서 순진하다는 말을 하곤 한다.

그러나 내가 알고 있기에는 우리나라의 대부분의 사람들이 나처럼 순진하다. 순진한 사람들이 믿고 있는 정의가 실현되는 나라가 진정 좋은 나라가 아닐런지 나는 그들에게 다시 되묻고 싶다. 그 일이 어렵고 힘들다 하더라도, 이육사의 시에서처럼 광야에서 홀로 말을 타고 가는 것이라 할지라도 그것은 어려운 일일 뿐 결코 불가능한 일은 분명 아닐 것이다.

2

아빠와 세상

딸들아, 너희는 커서 무엇이 될래

　요즘 아이들은 보고 듣는 정보의 양이 많아서 그런지 확실히 나 어렸을 때와는 다른 것 같다. 나는 어릴 때 수사반장을 보고 나쁜 사람들을 혼내주는 일을 하고 싶었다. 그런 일을 하는 사람은 검사라고 하기에 어릴 때부터 죽 검사가 되고 싶었다. 그것이 결국 자라서 공부가 하기 싫어지거나 나태해질 때 나를 추슬러주는 꿈이었다. 나는 어릴 적에 그랬었는데 딸들에게 뭐가 되고 싶으냐고 물으니 물을 때마다 달라진다.

　아직도 아기인 소현이는 그날 무슨 놀이를 하고 놀았나에 따라 달라지고 정현이는 자기가 배우고 싶은 것에 따라 달라진다. 정현이는 처음 피아노를 배울 때까지만 해도 피아니스트가 되겠다고 하더니 이제는 좀 지겨워졌는지 그런 말이 쑥 들어갔다. 하긴 그럴 만도 한 것이 텔레비전을 틀면 이런 저런 화려한 직업들이 막 쏟아져 나오니 이럴 적에는 이것저것 모두 다 혹해 보일 것이다.

　처음 아이들을 가졌을 때는 그저 건강한 아이만 가지게 해 주십

사 기도를 했었다. 건강하게 낳아서 건강한 몸과 마음을 가진 아이로 잘 키워야지. 아이들이 건강한 것이 얼마나 다행스러운 일인지 모른다. 그런데 큰아이인 정현이가 학교에 들어가고 공부도 하고, 숙제도 하는 모습을 보니 슬슬 부모로서 욕심이 나기 시작한다. 우리 정현이는 커서 무엇이 될까, 소현이는 커서 어떤 역할을 하게 될까. 생각만 해도 설렌다. 더불어 공부도 좀 잘했으면, 좋은 학교와 좋은 과도 갔으면, 좋은 직장에 자리를 잡았으면, 내 딸들 꿈의 나래를 평생 잘 펼 수 있도록 서로 도우며 사는 괜찮은 남자를 만나 결혼했으면 등등 욕심을 부리자니 솔직히 부모로서 한도 끝도 없다.

그러나 부모의 욕심으로 아이들의 꿈이나 장래를 망치는 경우도 흔하다고 하니 내 욕심은 그저 내 욕심으로 남겨 두고 아이들이 하고 싶은 것을 마음대로 할 수 있도록 뒤에서 도와주는 좋은 후원자 역할만 해야지 마음먹고 있는 중이다. 그래도 딱 한 가지 욕심을 부리자면 가능하면 우리 아이들 모두 어떤 직종에 있어서 전문가가 되어 주었으면 하는 바람이다.

소위 말하는 전문 직종인 의사, 변호사 같은 것만을 한정지어서 말하는 것은 아니다. 어떤 직종에 가 있든 그 분야에 있어서 아주 속속들이 다 꿰고 있는 전문가로 누구나 다 인정하는 사람이 되었으면 좋겠다. 아이들이 혹 대학에 가지 않겠다고 우긴다면 부모로서 기대하고 있는 것 때문에 처음에는 좀 실망하겠지만 대학을 나오지 않고서도 확고한 무엇이 있다면 충분히 수용할 수 있다. 대학을 나오지 않고서도 하는 일에는 충분히 전문가가 될 수 있기 때문이다.

내가 이렇게 전문가를 강조하는 데는 다 이유가 있다. OECD를 비롯하여 몇몇의 국제회의를 참석해 보니 전문성이라는 것이 얼마나 중요한 것인지 새삼 여러 번 느꼈기 때문이다. 보통 국제회의에 참석하는 각 나라의 대표들은 최소 십 년은 넘은 베테랑들이다. 좀 됐다 싶은 대표들은 같은 회의만 이십여 년씩 참석했던 사람들이었다. 그러니 자기 분야에 대해서는 완전히 부처님 손바닥이다.

게다가 우리가 막 새로 가서 새로운 사람들과 인사를 나누고 통성명을 트고 하는 동안 다른 나라의 참석자들은 이미 그들끼리 이십 년지기 친구들이었다. 같은 회의에만 줄곧 이십여 년을 참석하니 먼 친척보다 더 가까운 존재일 수 있는 것이었다. 그러다 보니 어떤 중요한 사안에 대해 이야기하는 것도 훨씬 수월한 감이 없지 않아 있고 자국의 사정이나 문제에 대해 양해를 구하기도 쉬워 보였다. 게다가 중요한 사안들에 대해 표결을 부칠 때에도 적잖이 영향을 끼칠 수 있었다.

우리가 우리나라에 유리한 방향으로 이끌어 나가기 위해 하는 노력에 반도 들이지 않고 자신들의 나라의 상황을 이해시키고 양해를 구하여 원하는 이익을 취할 수 있는 것이다. 결국 그들이 하면 가까운 사이에서 이루어지는 협상과 양해요, 낯선 우리가 하면 로비가 되어 버리는 것이다.

또, 회의가 막상 시작되고 각 나라들이 의사를 개진하기 시작하면 그 흐름이 정신없이 빨라진다. 이 정신없는 흐름들 속에 각자 자신의 나라의 이익을 대변하기 위해 모두들 열변을 토하기 시작하는 것이다. 이런 회의 속에서 마치 무슨 의례인 것처럼 사안이 바뀌면 한국과 일본이 동시에 국가 명이 적혀 있는 명패를 딱 들어 올린다. 의장에게 발언 기회를 달라는 표시다. 빠른 회의의 흐름을 쫓아가기가 힘이 들기 때문이다.

일단 사안이 바뀌면 가장 먼저 발언의 기회를 얻어 빠른 흐름을 조절함과 동시에 빠른 흐름을 타고 그 틈바구니에서 발언을 할 자신들이 없어서라는 게 솔직한 설명일 것 같다. 일단 발언권을 얻으면 우리도 우리 나름의 입장을 설명하고 주장을 펼친다. 그러나 우리의 입장이라는 것이 있으면 다른 나라의 입장도 있을 것이다. 그 사이에서 팽팽한 줄다리기를 하다 보면 질문을 받을 수도 있고 공격을 받을 수도 있다. 그 질문과 공격 사이에서 적절하게 답변하고 협상하면서 자국에 유리한 방향으로 이끌어 나가야 하는 것이다.

그런데 발언을 하고 나서 다른 나라 대표들이 질문을 던지거나 공격을 하게 되면 우리나라는 그런 질문과 공격들에 난감해하는 경우들이 참 많다. 이런 문제들 역시 의사소통 수단인 영어가 부족해서라기보다는 전문성이 부족해서이다. 한 분야에 이십여 년을 몸담고 있는 사람과 이제 겨우 몇 달 일한 사람과 어찌 비교할 수 있겠는가. 이것은 평생을 매달려 연구한 대학교수와 이제 막 대학교에 들어가 그 분야에 대해 공부하기 시작한 대학생이 싸우는 것과 매한가지다. 아무리 똑똑한 인재를 데려다 놓아도 애초부터 이런 구조라면 싸움이 되지 않는 것이다. 천재를 앉혀 놓고 겨우 몇 날 벼락치기 공부를 시켜 놓았다고 한들, 날계란으로 바위를 부숴 놓을 수 있냐는 말이다.

이것은 국제회의에서만 있는 일이 아니다. 나라간의 협상에서도 있는 일이다. 참으로 부끄럽고 자존심 상하는 이야기지만 뼈있는 농담으로 미국 관리들이 한국과 협상을 하면 승진한다는 이야기가 있다. 영어가 달려서, 서로 제대로 된 의사소통을 못해서? 물론 영어가 문제가 될 수도 있지만 그보다 더 중요한 것은 협상의 방법은 물론 완벽하게 준비를 하지 못하기 때문이다.

미국 통상부 사람들은 적어도 이십 년 이상, 많게는 삼십 년씩 한 곳에 몸을 담고 있는 사람들이다. 한 곳에 오래 머물고 있으면서 정말 잔뼈가 굵어서 우리나라 사람들은 그냥 모르고 넘어갈 수 있는 세세한 사항들을 속속들이 잘 알고 있는 경우가 대부분이다. 그러니 당연히 협상을 하게 되면 많은 정보를 가지고 전문적으로 그 대응을 준비하는 쪽이 이길 수밖에 없는 것이다. 그러고 나면 우리는 크게 말하면 상대국의 밥, 작게는 상대 관리의 승진거리밖에는 되지 않는 것이다. 이런 것들을 보면 참으로 안타깝기 그지없다.

해외의 중요한 사안들조차 이러는 마당에 국내 공무원들의 서비스라고 별 수 있겠는가. 일반 시민들이 공무원을 만나면 가장 먼저 떠오르는 말은 아마 친절한 미소나 인사보다는 '잠깐만요' 하는 모습일지도 모르겠다. 아마 한번쯤은 겪어 보았음직한 상황일 것이다. 어떤 것을 물어보거나 어떤 상황에 대한 대처를 요구할 때 공무원들이 '잠깐만요'를 외치지 않고 바로 일처리를 하는 경우는 드문 듯싶다.

일단 '잠깐만요'를 외친 후에 자료를 찾고 다른 사람에게 진행 상황과 처리 방법을 물어보고 다시 돌아와 일처리를 한다. 어쩌면 우리 시민들은 그것이 너무나 일상적인 것이 되어서 으레 당연한 것이려니 할 수도 있겠지만 공무원들의 입장에서는 전문성이 떨어지기 때문에 일어나는 일이다. 어떨 때에는 우리가 흔히 말하는 마니아(mania)보다 못한 것이 공무원이 아닌가 하는 생각이 들 때가 있을 정도로 전문 지식이 부족하다고 느끼는 경우가 있다.

이러한 것들을 보면 정말 내 딸들은 전문가로 키워야겠다는 생각이 속속 든다. 내 딸들만은 완전한 전문가로 키워 그 아이들이 몸담고 있는 분야에 완전히 능통하도록 도와줘야겠다고 느끼게 된다. 그런데 생각해 보면 그들이라고 열심히 공부하지 않고, 전문가가 되고 싶어하지 않을까 하는 생각이 든다. 그들도 어려운 시험을 통과해서 나름대로 직업의식을 가지고 일을 하고 있는 사람들 아니겠는가.

내가 가만히 그 속을 들여다보니 그들이 전문가가 되지 못하는 이유는 그들 내부에 있는 것이 아니라 시스템에 있다. 전문성이 부족한 공무원 집단을 양성하는 그 시스템은 한 자리에 겨우 2~3년만 일을 하고 그 후에는 또 다른 곳으로 발령을 받는 제도 때문이다. 전문성은 고사하고 일이 이제 겨우 손에 익을 만하다 싶으면 다른 곳으로 옮기게 되는 것이다. 다른 나라에서는 국제회의에 참석하는 것만으로도 다른 나라 대표들과 친구가 되는 마당에 우리는 함께 일하는 사람의 신상도 채 파악하지 못한 채 다른 곳에서 또 다른 사람들과 새로운 일을 시작하게 되는 것이다.

그러다가 보니 자신이 일하는 분야에 대한 책임감도 떨어지는 경향이 있다. 에이, 그냥 2~3년 뒤에는 다른 곳에 가서 일할 텐데. 이런 일은 시작하면 적어도 몇 년이 걸릴 텐데, 마무리도 못하고 갈 바에야 그냥 시작하지 말지. 후임자가 알아서 처리하겠지,

등등. 자신이 하는 일에 대해 자부심도 없고 의무도 없고 그에 따르는 책임감도 없을 수밖에 없다.

이런 문제는 사실 공무원들에게 다양한 기회를 보장한다는 의도에서 나온 것이다. 여러 부서를 돌아다니면서 일을 하는 것이 좀 더 개인의 성취감에 도움을 줄 수 있다는 판단에서이다. 이것은 더 찬찬히 그 내부를 뜯어보면 어떤 사람은 한직에 있고 어떤 사람은 노른자위에 있냐는 내부 불만을 무마하기 위한 것이기도 하다. 어렵게 공부해서 같은 시험에 합격을 했는데 누구는 그렇고, 나는 이러냐는 말을 막으려는 것이다.

내가 생각하기에 이런 부분에서 우리나라는 자유나 효율성보다는 평등에 더 우선순위를 두는 나라이다. 배 고픈 건 참아도 배 아픈 것은 참지 못한다는 우리말이 있듯이 남 잘되는 것은 못 보고 남들보다 조금 뒤처지는 것이 아닌지에 유독 신경을 쓰는 게 우리나라 사람들이다. 그런 사람들을 자리 배치해 이십 년, 삼십 년 일을 하게 하는 것도 보통 일은 분명 아닐 것이다.

그러나 이것은 큰 것을 보지 않고 작은 것만 보는 너무나 근시안적 발상이다. 공무원 내부의 사정을 일반 국민들이 알 턱이 없으며 대외적인 협상할 때 우리의 사정을 그들이 봐주는 것도 아니다. 세상은 자꾸만 복잡해지고 전문성을 더더욱 많이 요구하는 방향으로 흘러가고 있는데 나라의 가장 기본적인 틀인 공무원이 그러지 못하다는 것은 분명 큰 문제로 어서 시정해야 되지 않겠는 가.

다른 하나 문제가 되는 것이 있다면 부패의 문제를 들 수 있다. 한 자리에 오래 있으면 으레 부패하려니 하는 생각이 든다. 우리가 흔히 하는 말 중에 한 자리 해 '먹는다', 세무서 직원 해 '먹는다', 공무원 해 '먹는다'라는 말이 있다. 그만큼 공무원들은 뇌물 받아 '먹는' 이미지가 강하다는 것이다. 그렇기 때문에 빨리 빨리 물갈이를 해서 새로운 바람을 불어넣어 주어 부패의 온상이 될 만한 것들을 어느 정도 해결한다는 의의도 있는 것이다.

그러나 이 역시 득보다는 실이 많다. 부패의 문제는 다른 방법으로도 충분히 해결할 수 있다고 나는 생각하고 있다. 사실 부패의 가능성 때문에 공무원에게 고도의 청렴성을 요구하고는 있으나 그에 비해 보수는 턱없이 낮은 편이다. 당장 눈앞에 먹고살 일이 빠듯한데 나랏일이, 국민들의 머릿속에 들어오겠는가. 일단, 공무원들의 보수를 현실적인 수준으로 끌어 올려주어야 한다. 그들의 보수를 일반 민간 기업 수준보다 더 올리고 성과급 제도를 도입해서 능력대로 보수를 주면 부패의 문제를 어느 정도 해결할 수 있다.

열심히 일만 하고 꾸준히 자신의 능력과 전문성을 키워나가면 민간 기업 사원들보다 더 많이 벌 수 있다는 상식이 마련되어야 한다. 대신 지금 공무원의 숫자를 대폭 줄여야 한다. 공무원의 수가 필요 이상으로 많고 방만하게 일처리를 하는 분위기에서 전문성이 필수적인 분위기로 올라가면 일에 대한 노하우도 많아져 구태여 지금과 같이 많은 수의 공무원이 필요하지 않을 것이다.

다른 직업들도 이 나라를 움직이는 하나의 톱니바퀴로 곳곳에서 중요한 역할을 하고 있어서 하나라도 제대로 돌아가지 않으면 전체가 멈출 만큼 중요한 역할을 하고 있다. 그러나 공무원만큼은 그것들을 잘 조여 주는 나사의 역할을 하고 있지 않나 생각해 본다. 그만큼 나라의 근간이 되는 것이다. 그런 공무원들의 전문성을 강조하는 것은 내 딸들에게 전문가가 되라고 조언하는 것만큼 중요한 일이다.

공무원들의 전문성이 보장되어서 작게는 이 나라에 사는 사람들이 공무원들의 전문성이 떨어져서 보는 피해가 없어졌으면, 크게는 어느 나라와 어떤 협상을 하고 회의를 해도 다른 나라 사람들이 혀를 내두를 만큼 최고가 되어 잘못된 협상으로 인한 나라의 손해가 없었으면 한다. 더불어 내 딸들도 잘 다듬어진 전문가가 되어 제 역할을 다해 주었으면 하고 바라본다.

죽음에 초연하기

　"19XX년 X월 X일 X호 대법원에서 확정된 피고인 XXX에 대한 사형 판결을 집행합니다."

　엄숙한 공간 위로 차가운 공기가 모두의 몸을 긴장시키고 있었는지 모두들 얼굴이 굳어 있었다. 다만 사형수의 얼굴은 두건으로 가려져 있었기 때문에 그의 표정이 어떤지는 알 수 없었고 그저 사형장에 들어와서 마지막 말을 남길 때까지 담담했던 모습을 계속 유지하고 있기만을 바라고 있었다.

　털컥.

　바닥이 밑을 향해 열리고 죄인의 몸이 밑으로 툭 떨어졌다. 몇 분이 지나자 밑에서 죄인의 교수형이 완료되었음을 의무관이 통보해 왔다. 나는 가지고 있던 서류와 가방을 챙겨 일어섰다. 모두들 담담하게 마무리를 하고 있는 와중에 누군가의 시선이 느껴졌다. 교수형에 참관했던 신부의 눈빛이 날카롭게 나의 얼굴에 박혀 있었다.

당신은 신이 아니오, 당신은 삶과 죽음을 결정짓는 신이 아니오. 신부의 눈빛은 내게 그렇게 말을 하고 있었다. 담담하게 서류를 챙겨 일어서고 있는 모습에 신부는 어쩌면 인간적인 배신을 느끼고 있었는지도 모르겠다. 어떻게 그렇게 초연할 수 있을지, 불과 몇 분 전에 멀쩡하게 살아 있던 한 사람이 죽어 나갔건만 어떻게 그렇게 아무렇지 않을 수 있는지 신부는 내게 묻지 않았지만 이미 그의 시선으로 모든 것을 말하고 있었다.

어릴 적 내가 살던 시골 충남 강경에는 귀머거리 할아버지가 살고 계셨다. 햇볕에 그을린 까만 피부에 목둘레에 수건을 질끈 동여맨 할아버지는 언제나 누가 불러도 전혀 듣지 못하고 팔자걸음으로 동네를 다니셨다. 자식들도 상경하고 아내도 저 세상으로 떠나보낸 늙은 귀머거리는 동네 아주머니들의 걱정거리였다. 할아버지를 뒤에서 부르다가, 부르다가 지쳐서 더 이상 따라가는 것을 포기하고는 뒤에서 가쁜 숨을 몰아쉬면서 혀를 끌끌 차던 동네 아주머니들의 모습이 아직도 내 기억에 생생한 것은 비단 어린 시절의 추억 때문만은 아니었다.

그 날도 나는 빤히 호남선 철도가 보이는 툇마루에서 잎담배를 말고 계시는 할아버지의 무릎에 누워 스르르 낮잠이 들려는 찰나였다. 날카로운 쇳소리가 멀리서부터 점점 다가오고 있었다. 그리고는 사람들의 비명소리가 귀에 쩌렁쩌렁 울렸다. 할아버지도 놀라 일어나 철로 쪽으로 뛰어 올라가시는가 싶더니 서둘러 다시 되돌아와 내 눈을 가리셨다. 평소 때 들려오는 칙칙폭폭 하는 기차 소리 - 레일 위로 부드럽게 굴러가는 기차가 서서히 속력을 줄여가는 소리와 극명하게 대비를 이루는 급하게 기차가 멈추는 소리는 내게 처음으로 죽음의 그림자라는 것을 보여주었다. 할아버지 손가락으로 채 가려지지 않은 사이로 저 멀리 아주머니들이 누군가를 애타게 부르며 달려가다가 허무하게 주저앉아 버렸고 레일 위로 귀머거리 할아버지가 언제나 목에 두르고 땀을 닦던 하얀 수건이 붉게 물들어 나뒹굴고 있는 것이었다.

초등학교도 들어가지 않은 어린아이인 나에게 귀머거리 할아버지의 죽음은 안타까움이나 슬픔이라기보다는 일종의 충격이었다. 아직도 내가 철도 위에 짓이겨져 버린 할아버지의 시체를 보지 않았다고, 그저 어린 시절 놀란 마음에 꾼 꿈일 뿐이라고 믿고 있는 것은 그것의 사실 여부와 관계없이 어린 시절의 나에게는 끔찍한 기억을 지우고 싶은 일종의 방어기제였는지도 모르겠다.

기차가 일방적으로 끊어버린 할아버지의 죽음, 당시에는 눈앞의 충격 때문에 미처 보이지 않았던 것들이 이제는 많이 보인다. 누군가가 일방적으로 절단해 버리는 생명에 대한 끔찍함이 얼마나 잔인하고 처절한 것인지 말이다. 혼자서 가련하게 생활을 하다가 그렇게 세상을 등지게 될 것이라고 누가 생각했던가. 귀머거리 할아버지가 채 다 일구어 놓지 못한 논과 밭, 거두다가 만 고추, 자식에게 올 편지를 애타게 기다리는 그의 일상은 그 순간 모두 정지되고 파괴되는 것이다.

갑작스러운 죽음은 언제나 그런 법이다. 조용히 다짐하곤 하는 미래에 대한 꿈, 희망, 포근하고 달콤한 사랑, 가족애, 단란한 일상이 일순간에 처참하게 뭉개질 수 있다는 것은 그 상상만으로도 끔찍한 일이다. 하다못해 사고사나 자연사도 그러하건만 어떤 한 사람이 다른 사람의 목숨을 끊는다는 것은 어떠한가? 개인이 가지고 있는 그 모든 미래와 희망, 사랑 등을 완전히 포기하도록 강요된 채 철저하게 개별성을 묵살하고 하나의 도구로서 대상을 대하다가 결국 살해하는 것은 그 어떤 이유로도 용서받을 수 없는 것들이다.

우리나라에 검사는 약 1300여 명 정도, 그 중에 사형을 경험하는 검사는 채 1%가 되지 않는다. 게다가 아내가 임신 중일 때에는 절대 사형을 집행하지 않는다는 검사 사이에서의 금기를 깨고 단호하게 사형을 집행한 검사는 과연 몇 명이나 될까? 그 때 아내는 임신 중이었다. 내 첫 아이가 아내의 뱃속에서 희망으로 자라나고 있는 그 순간 나라고 해서 어찌 마음의 동요가 없을 수 있겠는가. 나 역시 검사이기 이전에 인간에 대한 연민과 측은지심을 지닌 한 사람이었다. 게다가 곧 태어날 아기의 아빠가 될 내가 내 아이의 새로운 생명만 소중하고 사형장에서 이슬처럼 사라져간 죄인의 목숨은 소중하지 않다고 어찌 감히 말할 수 있겠는가.

내가 사형 집행을 했던 사건은 제주에서 일어났던 유괴사건으로 삼십대 중반의 남자였다. 어린 여자아이 한 명을 유괴하고 죽인 것도 모자라 또다시 다른 여자아이 한 명을 유괴하여 같은 방법으로 죽인 사건이었다. 보통의 경우 유괴범들은 아이를 유괴하면 몹시 불안해지고 아이가 거추장스러워지는 심리적 상황을 겪게 된다. 게다가 낯선 환경과 낯선 사람에게 두려움을 느끼는 아이는 대개의 경우 반항하거나 울게 되는데 유괴범들은 이것이 자신의 유괴를 발각나게 할까 싶어 아이를 죽여 버리는 것이다.

실제로 유괴범들은 아이를 유괴하고 얼마 지나지 않은 범행 초반에 바로 아이를 죽여 버리는 경우들이 많다. 그래서 아이들이 혹여 유괴를 당하는 사건이 발생하게 되면 아이의 부모는 망설이지 말고 바로 경찰에 신고를 해야 하는 이유가 바로 그것이다. 내가 맡았던 사건의 유괴범 역시 유괴를 한 직후 아이들을 목을 졸라 살해했고 암매장했다. 유괴범은 아이를 죽인 다음에도 계속해서 부모에게 전화를 해 거액을 요구했는데 두 번째도 그 방법과 과정이 조금도 다르지 않은 똑같은 유괴와 살인, 그리고 암매장을 저질렀다.

아이들을 처참하게 살해한 직후에도 태연스럽게 부모에게 전화해 아이를 돌려보내 줄 터이니 돈을 마련해 놓으라는 협박을 참으로 뻔뻔스럽게도 늘어놓았던 것이다. 결국 범인은 체포되었고 그 후로 3년 남짓의 교도소 생활을 한 후 사형이 집행되게 되었다. 사형을 집행할 당시 사형수가 된 그 유괴범은 자신의 죄를 참회하고 있는 듯이 보였다.

"피해자 가족에게 깊이 사죄를 드립니다."

그는 세상에 남기는 마지막 말로 자신에게 유괴된 아이들의 부모들에게 사과를 했다. 사형을 집행하는 사람이나, 사형수나 모두 담담하게 그 일을 치러냈고 나 역시 마치 예정되어 있던 종교적 의례를 보는 기분으로 엄숙하면서도 담담하게 지켜보았다. 그 때 나는 수습 연수를 하고 있는 사법 연수생 시보를 데리고 가 참관하도록 했었는데 후에 돌아가 사법 연수지에 사형 폐지론을 주장하는 글을 써 놓았었다. 아마도 사형의 과정을 처음 접했던 그는 그것이 꽤나 충격적이었던 듯싶었다. 충격을 받지 않았다면 그것이 더 이상한 일이었을 것이다.

나 역시 사형 집행이 끝나고 난 후 신부가 나를 바라보던 눈빛을 잊을 수가 없지만 사형이라는 과정만을 본 나의 사법 연수생 시보나, 신부와 나는 다른 입장일 수밖에 없었다. 나는 이미 범행의 시작과 끝, 그리고 그 과정을 모두 꿰뚫고 있었다. 그가 아이들의 부모들에게 협박했던 모든 내용, 부모들의 고통과 가슴 찢김을 나는 모른 척할 수가 없었다. 살해된 아이들의 시체를 보았고 우악스러운 손으로 여리디여린 어린 여자아이들의 피부와 목이 으스러질 때까지 졸랐다는 것을 알고 있었다.

검시를 하고 부검을 하면서 찾아낸, 아이가 엄마를 부르짖으며 반항한 흔적이 고스란히 사건 파일에 담겨 있었다. 이미 아이가 그렇게 처참하게 죽었는 줄도 모르고 유괴범이 요구하는 돈을 맞추기 위해 이리저리 뛰어다니던 그 부모들이 흙더미에서 나온 아이들의 죽은 시체를 확인하고 어떠했겠는가? 사형을 당하는 사형수의 목숨인들 아깝지 않을쏘냐마는 그 찢기어진 어린 생명들의 한은 누가 갚아줄 수 있단 말인가, 그 어린 생명들을 속절없이 보내야만 하는 부모들의 하늘이 꺼지는 듯한 절망을 누가 보상할 수 있단 말인가?

신부는 나에게 사람의 생명을 관장하는 것은 신뿐이라는 말을 하고 싶었는지 모르겠지만 정말 신이 존재할런지, 그래서 신이 반드시 그의 극악무도한 범죄를 벌할런지에 대해서는 확신할 수 있을지 묻고 싶다. 또, 신이 존재해서 그에게 이러한 것들을 물어볼 수 있다면 아마 신은 그와 같은 범죄와 범죄자를 내버려 두라고는 말하지 않을 것 같다. 유신론, 무신론의 논쟁 여부도, 종교가 있느냐, 없느냐의 여부도 모두 떠나 벌을 신의 영역으로 규정해 버린다면 사회적 책임에 대해서는 어떻게 규정하고 누가 그것을 짊어

질지도 의문이다.

물론 고대 사회처럼 응보형의 처벌만을 할 수는 없는 것이다. 성서에도 기록되어 있는 '생명에는 생명, 눈에는 눈, 이에는 이' 같은 피해자가 입은 피해만큼 가해자도 똑같이 벌을 주어야 한다는 탈리온 법칙(lex talionis)을 따르는 것은 현대 사회에서 함무라비 법전을 끌어다가 적용하는 것같이 어폐가 있는 일이다. 또한 지금은 인과응보를 따지는 응보주의에서 점차로 교화주의로 옮겨가고 있는 편이다. 그러나 여전히 법의 엄중한 집행이 범죄의 예방적 효과를 가지고 있다는 것을 우리는 기억해야 할 것이다.

사형에 대한 문제는 단순히 사형수 측면에서만 생각할 문제라기보다는 피해자 가족의 한, 저지른 범죄는 반드시 그 대가가 있다는 사회적 책임, 범죄의 길목에 막 접어들지도 모르는 이들에게 일깨워지는 경각심과 함께 사형수의 인권 문제도 함께 생각해 보아야만 한다. 물론 법을 집행할 때에는 신중에 신중을 기해야 한다. 독일의 법학자 옐리네크는 '법은 최소한의 도덕'이라고 말했다. 국민적 합의가 이루어지고 대다수의 사람들이 도덕적으로 수긍할 수 있는 범위에서 법은 만들어져야 하고 또한 집행되어야 한다. 그것이 집행되는 과정 또한 엄중하고 명확하게 이루어져야 한다. 사형 역시 우리 사회에서 그러한 맥락으로 이해하고 받아들여져야 할 것이다.

나는 아직도 그 유괴범이 왜 죽음 앞에서야 비로소 자신의 범죄에 대해 참회했는지 안타깝기만 하다. 그러한 범죄가 그렇게 끔찍한 결론을 낳을 수 있다는 것을, 그 여파가 얼마나 잔혹한 것인지를, 그로 인해 얼마나 많은 사람들이 고통의 나날을 보내야만 했는지 좀 더 일찍 깨닫기만 했었다면, 좀 더 일찍 예감하기만 했었다면, 그래서 마치 녹화된 비디오테이프를 되감아 다시 녹화하는 것처럼 그 범죄를 되돌릴 수만 있다면…. 이것은 내가 당시 검사였다는 사실 이전에 지금 두 딸을 키우고 있는 아빠로서 모든 일이 없었던 일이었으면 좋겠다는 생각이 든다. 모든 것이 그저 다 안타깝기만 하다.

기러기 아빠 없는 세상

　정현이, 소현이 두 딸을 키워보니 자식 키우는 일이 정말 보통이 아니다. 우리 정현이는 이제 겨우 초등학교 이 학년에 다니고 있는데 벌써부터 이런 저런 고민이 많이 생긴다. 공부를 어떻게 시켜야 할까, 정현이 하고 싶은 대로만 하게 두면 다른 아이들에게 뒤처지지는 않을까.

　나 역시 다른 부모들하고 똑같은 문제에 똑같은 고민과 갈등을 하고 있다. 아무래도 한국 사회가 과열된 교육열에 아이들만 고생하고 있기 때문일 것이다. 위계 서열로 꽉 짜여진 대학간 순위가 있고 그 순위에 따라 아이들의 미래가 결정되니 부모로서는 아이들에게 공부하라는 것을 닦달하지 않을 수 없는 것이다. 게다가 영어에 대한 필요성이 부각되면서 영어 교육 붐이 일기 시작해서는 조기 영어다, 유아 영어다 하며 초등학교도 들어가지 않은 어린 아이들까지 정신없이 학원으로, 과외로 내 몰고 있는 것이 지금 우리들의 실정이다.

지나친 시험 위주의 학습으로 기를 쓰고, 악을 쓰고 영어 공부를 한다고 해도 제대로 된 말 한마디 꺼내지 못하는 게 또 우리의 현실이다. 생각해 보면 입시 지옥이라는 말도 얼마나 끔찍한 말인가. 새벽부터 밤늦게까지 학교와 학원에 치이는 입시생들을 보면 마음 아프지 않을 부모가 없을 만큼 너무 과중한 공부에 시달리고 있는 게 우리나라 학생들이다. 그러다 보니 여유 있게 놀면서 공부하고, 교과 외의 다양한 취미 생활도 함께 누릴 수 있는 외국으로 눈을 돌리는 것도 어쩌면 부모들로서는 당연한 일이다.

우리나라에서처럼 기를 쓰지 않아도 생활 속에서 영어를 공부할 수 있고 좋은 자연 환경, 좋은 교육 환경에서 아이를 기를 수 있다는 것은 우리가 꿈꾸던 것이 외국에 있는 것처럼 느껴지기도 한다. 무엇보다도 사당오락이니 야간 자율 학습이니 하는 끔찍한 입시 지옥을 거치지 않으면서도 여유 있게 공부해서 알아주는 외국 학위도 딸 수 있다는 장점도 있다. 그러다 보니 자식이라면 끔뻑 죽는 우리네 부모들은 무리를 해서라도 아이들을 외국에 보내 가족들이 생이별을 하고 기러기 아빠가 되는 것 아니겠는가.

나는 시드니 법과대학에 방문 연구자로 일년 동안 있을 기회가 있었다. 덕분에 정현이도 호주에서 학교를 일년 동안 다닐 수 있었는데 나 역시 그 때 느낀 점이 아주 많았다. 정현이를 학교에 보낼 때 필요한 것은 간단한 도시락뿐이었다. 그것도 사실은 필요치 않은 것이었는데 정현이가 워낙 빵을 싫어해서 아내와 내가 함께 주먹밥이나 김밥 같은 것을 준비하거나 간단한 도시락을 싸서 학교를 보냈었던 것이었다.

처음 그곳에서 참 놀랐던 것은 학교에 이미 노트와 연필, 지우개 같은 필기도구는 물론이고 크레파스, 물감, 미술시간에 입는 앞치마까지 모든 것이 준비되어 있다는 것이었다. 항상 무겁게 책가방을 싸던 나의 학창 시절과는 판이하게 달라 너무나 놀랐었다. 요즘 아이들은 거의 학교에 자기 사물함이 비치되어 있어 책이나 준비물들을 놓고 다니는 것이 일반적이 되었지만 가벼운 어깨에서 시작해서 경제적 부담까지 가볍게 한다는 것은 우리나라와 호주의 큰 차이였다. 정현이의 그런 학교생활을 보면서 나는 새삼 공교육이란 것에 대해 생각해 보았다.

우리나라 교육 제도에 꼬리표처럼 따라 붙는 말은 '실패한' 이라는 말이다. 매년 뒤바뀌는 입시 제도에 학부모들과 학생들은 학교를 믿지 못한다. 학교는 학생들이나 사회의 요구에 부응하지 못하여 생기는 부작용들이 너무나 엄청나다는 것 또한 큰 문제가 아닐 수 없다. 학부형들이 한탄스럽게 우리나라 교육 제도는 '엉망' 이라고 말하는 것은 어쩌면 그것에 대한 불신으로 인한 가장 낮은 수위의 불만 표출일지도 모른다.

백성들이 가장 정치에 무관심할 때가 태평성대라는 말이 있다.

물론 교육에 그 말이 완전히 적용된다고 할 수는 없지만 공교육에만 아이들을 턱 맡겨 놓아도 그다지 큰 걱정이 없는 정도가 되어야 교육이 제대로 돌아가고 있다고 말할 수 있지 않나 생각한다. 일단, 공교육을 살려 놓으려면 교육에 대한 투자를 좀 더 해야 하지 않나 생각한다. 교육 공무원에 대한 처우는 다른 분야에 비해 너무나 빈약하다.

일제 시대나, 해방 후에는 최고의 엘리트들이 교사가 되었다. 석사 학위가 있고, 박사 학위가 있는 사람들도 선생님이라는 직업을 선망할 수 있는 분위기를 만들어 주려면 일단 선생님들의 보수를 올려 주어야 한다. 막말로 학원 선생님들의 학력은 화려하기 그지없는데 학교 선생님들은 그에 미치지 못하는 경우들이 많다. 그것은 학원과 같은 치열한 경쟁에서 학교 선생님들이 약간 비켜나 있기 때문이기도 하지만 결정적으로는 그 만큼의 수입을 보장해 주지 못하기 때문이다. 아이들에 대한 사랑과 열의만 가지고 모든 것을 감수하라는 강요나 다름없다.

일단 그러기 위해서는 교육 예산이 더 늘어나야 한다. 선생님일 인당 학생 수를 줄이고 양질의 선생님들을 끌어들이려면 아무래도 나라에서 감당해야 하는 돈이 늘어날 수밖에 없다. 그러나 이것 역시 세금으로 해결할 수 있다. 돈 많은 사람들은 더 많은 교육세를 내게 하고 가난한 사람들은 조금만 부담해서 그 혜택을 모두 함께 누릴 수 있도록 해야 한다.

　교육 예산을 배정하는 것도 면밀히 검토해보고 시행해야 한다. 균등하게 분배한다고 해서 모든 학교에 같은 예산을 배정하는 것도 문제일 수 있다. 정현이가 초등학교에 들어가고 보니 학교간의 불균형도 현실로 느껴진다. 확실히 잘사는 동네의 학교들은 학부형들이 반마다 에어컨이며 온풍기 등 갖가지 시설들을 기증하는데 잘살지 못하는 동네는 아무래도 부자 동네들보다는 덜할 수밖에 없다. 지방과 서울, 강북과 강남이 편차가 있고 사립학교와 공립학교는 물론이고 같은 공립학교에서조차 편차가 존재한다.

　우리가 가능한 한 열성을 다해 아이들을 교육시키는 이유는 부모들이 겪고 있는 경제적, 계층적 문제들을 자신의 아이들에게만은 물려주고 싶지 않아서 그러는 것 아니겠는가. 그런데 격차를 무너뜨리고자 하는 가장 공정하고 균등해야 하는 권리인 교육이 지역 차와 부모들간의 경제적, 사회적 능력의 차이로 인해 아이들이 다른 환경과 수준에서 교육을 받아야 하겠는가. 그러므로 더 어려운 동네일수록 더 많은 교육 예산을 배정하고 지방에도 골고루 혜택이 갈 수 있도록 잘 조정해야 한다.

　지역간 격차 문제도 그러하다. 서울로 많은 인구들이 유입되는 이유 중에 상당히 큰 부분이 바로 교육 때문이다. 높은 수준의 교육을 보장하고 있는 곳이 단연코 서울이라고 모든 국민들이 인식

하고 있고 게다가 상위권 대학들은 모두 서울에 집중되어 있다. 서울권 대학과 지방 대학의 편차도 너무 크다. 지역간의 격차를 해소하는 문제에 있어서 교육에 있어 존재하고 있는 지역간의 격차를 해소하면 상당부분이 쉽게 풀릴 수 있다. 행정 수도만을 옮긴다고 해서 서울에 과도하게 집중된 것들이 균등하게 다른 지방으로 나누어지는 것은 아니다. 수도를 옮긴다고 하더라도 여전히 문화와 경제가 집중되어 있다면, 특히 교육이 집중되어 있다면 원하는 효과를 다 이룰 수는 없을 것이다.

우리나라의 교육에 만족할 수 없기 때문에 다들 유학이나 이민을 고려하고 있는 것이다. 이민을 가면 우리나라에서 애써 다져놓은 기반을 다 포기하고 가서 밑바닥 생활을 하는 이유가 무엇이겠는가. 다 아이들 교육 때문이 아니겠는가. 설사 아이들만 유학을 보낸다고 하더라도 부작용이 너무나 심하고 아이들의 엄마를 딸려 보내고 아빠만 남아서 외국에서 생활할 아이들의 학비와 생활비를 대는 것도 할 짓이 못 되는 것 같다. 함께 살지도 못한다면 가족이라는 것 자체가 무의미하지 않겠는가.

나더러 기러기 아빠를 하라고 한다면 절대 하지 못할 것 같다. 아이들의 미래를 생각하면 아이들이 보고 싶어도 애써 참겠지만 매일매일 얼굴을 마주하지 못한다는 것을 생각하면 그보다 더한 고문도 없을 듯싶다. 교육과 교육 제도에 대한 이야기는 참으로 어렵다. 누구에게나 자기 자식은 소중하고 자기 자식의 미래가 걸린 것에 대해 함부로 말할 수 없다. 학원으로, 과외로 정신없이 몰려다니는 아이들을 동정하면서 그 부모들이 극성맞다고 손가락질할 수 없는 이유가 바로 그 때문이다.

　나도 내 딸들이 잘 되기를 바라는 부모이기 때문에 다 똑같은 마음일 수밖에 없다. 그저, 자식 잘되기 바라는 마음으로 교육 제도를 생각해 보아야 한다는 것이다. 잠깐이라도 시행착오가 생긴다면 그 때 희생된 아이들의 미래는 누가 책임질 수 있단 말인가. 신중에 신중을 거듭하여 대부분의 우리나라 국민들이 교육이라는 권리와 의무에 대해 만족하고 충실할 수 있도록 해야 한다. 그렇게 만드는 것은 우리 부모들이어야 하지 않겠는가. 하루라도 빨리 기러기 아빠는 이 땅에서 사라져야 한다.

무거운 죄에 가벼운 형량

신임검사 교육이 끝나고 이제 막 검사로 광주지검에 부임한 나는 그야말로 패기와 열정으로 똘똘 뭉쳐 있었다. 이 초임 시절 내가 가장 많이 맡은 사건은 성폭행 사건이었다. 한 달 동안 하루에 최소 한 건 이상씩 성폭행 사건을 맡았었다. 지저분하고 더러운 욕망으로 얼룩진 사건들을 신물이 날 정도로 들추어내다 보니 지긋지긋해질 정도였다. 매일매일 특수 강간과 일반 강간이 로테이션을 하면서 하루를 온통 성폭행 사건에 매달려야만 했었다. 성폭행 사건이 이렇게 많은가 싶을 정도로 많은 양이었다.

당시 차장 검사에게 왜 이런 험한 사건들만 나에게 맡기는지 은근히 불평 아닌 불평을 하니 '성폭행 사건은 참으로 어려운 사건들 중 하나이니 호되게 겪고 나면 훈련이 될 것'이라고 충고를 해 주셨던 것이 기억 난다. 그도 그럴 것이 피해자는 엄연히 존재하고, 범죄를 증언하고 있음에도 피의자는 계속해서 발뺌을 하는 경우가 많다. 게다가 피해자는 여자로서 겪을지도 모르는 사회적 불

이익이나 수치심을 모두 감수해야만 하기 때문에 피의자들이 은 근슬쩍 합의를 요구해 오면 질끈 눈을 감고 응해 버리는 경우도 허다하다.

또한, 검사로서도 피해자들의 수치심이나 치욕스러운 마음을 이해하고 있기 때문에 단 한번의 증언으로 다시 피의자와 대질하거나 대면하는 일을 만들지 않는 것이 옳은 일이고 그렇게 되기를 바라지만 범죄의 사실을 계속해서 부정하는 피의자 앞에서라면 법은 참으로 안타깝게도 피해자들을 다시 검찰로 부르는 것으로 되어 있다. 영화 '케이프 피어'에서 로버트 드니로가 분했던 맥스는 법원 서기인 로리를 무자비하게 성폭행하는데 닉 놀티가 연기했던 변호사 샘 보든이 로리에게 신고를 권유하지만 로리는 울면서 그러지 않겠다고 하는 장면이 나온다.

로리는 수없이 법정에서 피해 여성들이 수치스럽고 끔찍했던 범죄의 순간을 떠올리며 공개적으로 자신의 치부를 들추어내듯 사건을 반복해서 이야기하는 것이 얼마나 인간을 피폐하게 만드는지를 직접 목격해 왔기 때문에 자신은 그럴 수 있는 용기도, 자신도 없다는 것이었다. 이것은 비단 영화 안에서만의 이야기는 아니다. 게다가 우리나라는 성폭행 사건이 일반 형사 사건과 별반 다르지 않게 수사되고 있다. 성폭행 사건에서 일반 형사 사건과 같이 조사를 하게 되면 피해자들의 공포와 수치심을 자꾸 내놓아

보이라고 반복해서 강요하는, 그래서 제 2의 상처가 될 수도 있다는 것을 인식해야 한다.

　법이 피해자를 보호해야 할 의무가 있음에도 불구하고 피해자에게 다시 상처를 입히는 것은 큰 문제가 아닐 수 없다. 또한, 가장 큰 문제 중에 하나는 성폭행이라는 범죄가 고소를 했을 때만이 죄가 되는 친고죄라는 점이다. '성폭력 범죄의 처벌 및 피해자 보호 등에 관한 법률'이 있기는 하지만 이것은 흉기를 들고 협박을 했거나 집단적으로 성폭행을 한 경우, 미성년자와 관련한 사건의 경우 등에만 해당이 되고 성폭행 사건 전체에 적용되지는 않는다. 그렇기 때문에 상당히 많은 경우 성폭행을 당하고도 쉬쉬 감추고 당사자나 당사자 가족들끼리만 쑥덕쑥덕 합의를 해 버리는 게 속이 편하다고 생각하는 경우도 있다.

　또 서로 일면식이 있기 때문에 서로 고소하고 조사받고, 법정에 서게 되고 하는 것들이 상당히 민망할 만큼 가까운 관계에서 일어나는 경우도 태반이다. 이런 모든 것들을 종합해 보면 성폭행 사건의 경우 피해자가 고소를 하는 경우는 통계적으로 불과 2~3%를 넘지 않는다. 성폭행 사건은 고소를 해야만 죄가 되고 그냥 합의보고 넘어가면 죄도 되지 않는 것이다. 솔직히 말해 고소를 하고 사건을 처리했다고 해서 모든 것이 완전히 해결되는 것도 아니다. 피해자가 겪고 있는, 그리고 앞으로 계속 겪어야 하는 모든 것을 삭이면서 재판을 하고 형을 선고한다고 해도 기껏해야 5년 정도의 형량을 받는 것이 전부다.

그래도 5년을 받았다면 그나마 많이 받은 것이라고 할 수 있다. 보통의 경우는 2년에서 3년 정도 받는 것이 평균적이다. 죄의 무게에 비하여 형량은 너무 가볍기만 하다. 겨우 2~3년, 길어야 5년 정도 감옥에서 살다 나와 봤자 자신의 죄를 뉘우치고 새로운 사람으로 세상을 열심히 살아가려 노력을 하기보다 다시 같은 범죄를 저지르거나 자신을 고소했던 피해자에게 앙심을 품고 보복하는 경우들도 어렵지 않게 찾아볼 수 있다. 많은 불이익을 감수하면서까지 법정에 섰던 피해자는 다시 보복의 두려움에 어두운 길 밖을 나서기를 꺼려하게 되는 것이다.

미국의 경우에 성폭행 사건은 최소 십수 년에서 몇십 년의 형을 살게 되어 있다. 호주는 증인 보호 프로그램이 철저해 피해자의 신분까지도 몽땅 바꾸어주는 시스템이 있을 정도이다. 적어도 재범과 보복의 가능성이 있는 사건의 경우 우리 역시 피의자가 구형을 마치고 나왔다 하더라도 피해자에게 접근을 금지하는 등의 기본적인 보호 프로그램은 만들어 적용하는 것이 급선무다.

성폭행 사건은 몸에도 상처를 입히지만 그보다 더 크고 깊은 상처를 마음에 남기는 범죄이다. 이것은 피해자의 영혼에 가장 깊은 상처를 만드는 무서운 범죄라는 사실을 간과해서는 안 될 것이다.

많은 성폭행 범죄를 다룬 법조인의 입장에서는 물론 두 딸아이를 키우고 있는 아빠의 입장에서 역시 딸 키우기가 참으로 힘든 세상이다. 우리 두 딸들이 아직은 어려서 이런 저런 이야기는 다 해 주지 못하지만 아마 조금만 더 크면 점점 잔소리가 늘어날 것이다. 법이 언제나 내 딸들의 든든한 울타리가 되어 줄 수 있었으면 좋겠지만 그렇지 못한 상황이 많이 있음을 나는 더욱 잘 알고 있다.

예를 들어 내가 맡았던 사건 중에 고등학생인 십대 남자아이들과 여자아이들이 자취방에서 모여 술을 마시다가 일어난 사건이 있었다. 방이 두 개 있는 자취방이었는데 한 방에서는 다른 아이들이 술을 마시고 있었고 다른 한 방에서는 취한 여자아이가 잠이 들어 있었다. 그런데 그 방에 남자아이도 취해 잠을 자러 들어왔다가 그렇게 되어 버린 사건이었다. 당시 변호인은 그 남자아이를 변호하기를 '혼숙을 한 것 자체가 성관계를 암묵적으로 허용한 것'이라는 주장을 펼쳤다.

결론부터 이야기하면 그 남자아이는 결국 처벌을 받았지만 그때의 사건을 떠올리면 판사조차도 남자아이들과 자취방에서 술을 마시고 잠이 든 것을 성관계를 허용하는 것을 전제로 했다는 남성 위주의 판단을 해서 여성의 입장을 대변하는 데 무척 어려웠던 기억이 있다. 실제로 이런 일들은 비일비재하게 일어나고 있는데 여성들은 언제 어디서든지 그런 성관계가 일어날 수 있다는 생각을 가지고 어떤 결과가 발생할 수 있는지에 대해 염두에 두어야 한다.

그러나 솔직히 나조차도 딸들이 조금 더 자라게 되면 세세하게 이야기해 줄 수 있을지 자신이 없다. 정말 내가 내 경험을 바탕으로 딸들에게 이해시킬 수 있을지도 모르겠다. 자칫 세상을 너무 부정적인 것으로, 성이라는 것 자체를 너무 왜곡시켜 받아들이지는 않을지 이런저런 걱정이 든다. 그래서 앞으로 아이들이 조금 자라게 되면 그저 늦게 다니지 마라, 조심해라 등의 잔소리만 늘어놓게 되는 것은 아닌지 모르겠다. 그래도 이런 내 글을 읽고 내 딸들이 잔소리만 늘어놓는 아빠를 이해해 주었으면 좋겠다.

좀 더 가까운 현실을 목격한 아빠의 노파심을 진심으로 이해해 주었으면, 그리고 정말 세상의 굴곡만 바라보지 않으면서도 조심할 것은 조심해 주었으면 좋겠다. 역시, 부모 입장에서는 이런저런 걱정들이 많아진다. 그런 것들마저도 이해하고 내 이야기를 잘 들어주었으면 한다. 이렇게 끔찍하게 사랑스러운 내 딸들인데 정말 별 탈 없이 잘 자라주었으면 하는 마음이 어디 나 하나뿐이겠는가. 내 딸들만큼이나 다른 부모들에게도 모두 눈에 넣어도 아프지 않을 만큼 소중한 딸들이 아니겠는가. 그 소중한 딸들이 혹시라도 나쁜 일들을 겪어 영혼의 상처를 입는다면 응당 그 책임은 결국 우리들의 몫이 된다.

법이 모든 것의 완벽한 울타리는 될 수 없지만 적어도 어느 정도는 막아 줄 수 있다고 나는 믿고 있다. 그래서 더욱 더 피해자들에게 상처를 주는 법이 아닌, 피해자들의 상처를 어루만져주고 제 2의, 제 3의 사건으로 피해자들이 늘어나는 것을 막도록 우리가 힘을 써 주어야 한다고 생각한다. 그것이 우리가 할 수 있는 가장 현실적이고 직접적인 방법일 수 있다. 내 딸은 정말 좀 더 나은 세상에서 살아야 하지 않겠는가.

아이러니한 충고

　지난 봄, 그러니까 2003년 3월에 나는 WHO 담배규제협약에 관한 정부간 회의에 참석하게 되었다. 나름대로 열심히 준비했지만 이야기하기 난감한 것이 나 역시 흡연자라는 사실이었다. 임무를 맡고 수행하는 사람으로서야 최선을 다해 나라에 이익이 되고, 국민들이 더욱 건강할 수 있는 방향으로 한 걸음 나아갈 수 있도록 길잡이를 하는 역할을 다 했다고 자부하고 있지만 차마 내 딸들에게는 내가 담배규제협약에 참석했다는 말을 자랑스럽게 하기는 참 어려운 일인 것 같다.

　아직 우리 정현이, 소현이가 어려서 뭘 알까 생각하고 그럭저럭 넘어가기는 했지만 나중에 아빠가 그 때 한 일이 뭐냐고 물어보면 대답하기가 참 난감할 것 같다. 결국 이야기를 하게 되어도 고해성사 하듯이, 일을 하다 보니 그런 회의에도 참석하게 되었다고 말할 수밖에 없을 것 같다. 그도 그럴 것이 아빠가 아침에 일어나자마자 담배를 무는 것을 간난쟁이 때부터 봐 와서 정현이가 겨우

말 몇 마디 하고 아장아장 걸을 무렵, 아침에 일어날 때가 되면 나의 배 위로 엉금엉금 기어와서는 잠을 깨라고 하는 짓이 나의 입에 담배를 물려주는 것이었다.

그런 아빠가 담배규제에 관한 협약을 위해 우리나라 대표로 참여했다는 것은 일면으로는 자랑스러운 일로 생각될 수도 있지만 우리 정현이는 당장 담배 피우는 아빠를 타박할 것 같다. 시드니 법대에 방문 연구자로 일년 있을 때에도 정현이에게 나는 서울에 가면 담배를 끊겠다고 약속을 해 놓고 서울에 와서도 담배를 못 끊자 나를 그렇게 타박하던 우리 정현이다. 딸에게 미안하기도 하고 창피하기도 한데 정말 끊기 힘든 게 담배이다.

WHO 담배규제협약에 관한 회의를 하러 간 곳은 제네바였다. 보건복지부, 외교통상부, 재경부, 법무부 대표 등이 참석했는데 하루 종일 내내 회의를 하는, 그야말로 강행군 중에 강행군이었다. 담배 광고를 금지한다든지, 담뱃갑에 있는 경고문을 더 크게 해야 한다든지 하는 내용에 관한 협약을 위한 토론과 회의가 몇 날 며칠 동안 진행되고 있었다. 나는 빡빡하고 고된 일정에 입술이 다 부르틀 지경이었다. 체격 좋고 건장한 서양의 대표들도 피곤한지 수시로 회의장을 들락거렸다. 그래도 나는 한국 대표라는 자존심을 지키기 위해 한번 자리에 앉으면 끝까지 앉아 있곤 했었다.

하루 종일 회의에 참석하면서 예민하게 회의 진행사항을 살펴보자니 은근히 스트레스도 받고 중간 중간 담배를 피우고 싶은 욕구도 더해졌다. 처음 하루, 이틀은 참아보려고 무진장 애를 썼다. 그래도 명색이 담배규제를 위한 협약인데 거기에 참석하는 사람이 흡연자라는 것이 좀 어폐가 있어서 가능하면 참아보려고 애를 썼었다. 스트레스를 받고 바쁜 일정에서 담배 피우는 시간이 언제나 나에게는 일종의 휴식을 의미하는 것인데 담배 피우는 것을 참으려니 고 잠깐의 휴식을 강탈당한 기분마저 들었다. 괜히 효율도 떨어지는 것 같은 느낌도 들고 입이 근질근질하고 손이 심심해서 참을 수가 없었다. 금연을 하겠다는 확고한 의지 없이 그냥 며칠만 참아 보자 라고 쉽게 생각하는 것은 그다지 효력이 없는지 자꾸 담배 생각만 났다. 마침내

더 이상 참지 못하고 회의를 쉬는 중간에 살짝 빠져 나와 흠뻑 담배 연기를 마셨다. 고 며칠도 참지 못한 것이 부끄럽다는 생각보다는 당장 담배 연기로 인해 숨을 쉬는 것 같은 기분이 들었다. 그제야 겨우 주변을 둘러보니 나처럼 흡연자이면서 간신히 담배를 참고 있던 회의 참석자들이 간혹 하나씩 보이곤 했다. 모두들 열심히 담배를 피우고는 있었지만 다들 조금은 부끄러운 듯 혼자 구석에서 간신히 담배 연기 몇 모금씩을 빨아들이고 있었다.

휴식 시간 중의 첫 흡연은 그렇게 눈치만 보면서 서둘러 담배

몇 모금을 피우고 다시 회의장을 들어간 것이었지만 그런 비슷비슷한 휴식 시간을 몇 번 거치자 나에게도 담배를 나누어 피우고 잠깐의 흡연 시간 동안 담소를 나누는 친구가 생겼다. 그 사람은 바로 캄보디아 대표로 온 사람이었다.

"우리, 이렇게 여기서 담배를 피우는 것은 정말 아이러니 아닙니까?"

담배를 피우러 나올 때마다 캄보디아 대표와 나는 함께 담배에 불을 붙이며 같은 말을 반복했다. 그런 말을 하면서도 담배를 참지 못하고 피우는 것 자체가 어떻게 생각하면 무슨 개그맨들의 콩트 같다는 생각도 들었지만 그런 생각을 하고 있는 그 순간마저 담배를 피우면서 드는 생각이었다. 캄보디아 대표와 나는 계속해서 그 아이러니하면서도 우스꽝스러운 상황을 반복했다.

"담배는 언제부터 피웠나요?"

내가 그에게 먼저 물었다. 이 아이러니한 상황을 만든 그 첫 순간에 대해 서로에게 고해성사를 하는 듯한 질문이었다. 그러나 우리는 스스로 심각한 상황은 피하고 무슨 코믹스러운 문답을 하듯이 반쯤은 웃음을 흘리고 있었다.

"아마 열네 살 때였지요."

캄보디아 대표의 대답이 끝나자 나는 더 이상 웃을 수가 없다. 대학교에 들어갈 즈음에 담배를 배운 나와는 달리 너무 일찍 시작했다는 생각 때문이었다. 우리나라 나이로 바꾸어도 겨우 열다섯 정도 된 어린아이가 담배를 피우기 시작했다니 좀 놀라웠다. 열다섯이면 이제 겨우 중학교 이 학년 정도밖에 안 된 앳된 소년인데 말이다. 나는 대뜸 왜 그렇게 어린 나이에 담배를 시작하게 되었냐고 묻지는 못했다.

못사는 나라일수록 어린 나이에 담배를 접할 수 있는 기회도 훨씬 열려 있고 제대로 된 금연 교육도 받지 못한다는 것을 잘 알고 있었기 때문이었다. 게다가 생각해 보면 우리나라도 다른 나라에 비해 청소년 흡연율이 매우 심각한 상황이기 때문이다. 중학생은 물론 초등학교 아이들도 담배를 접해 봤다고 설문에 응답하는 경우를 종종 찾아볼 수 있다. 그런 의미에서라면 이미 우리나라 대표로 그곳에 간 입장으로 나 역시 할 말은 없는 것이었다.

"너무 어린 나이에 시작했는데 후회는 안 들어요? 나는 차라리 시작하지 말 걸 그랬다는 생각이 종종 들곤 하는데."

대신 내가 이런 질문을 하니 캄보디아 대표는 서슴없이 대답하기를,

"평생 후회하고 있지요. 담배를 피우는 매 순간 순간 후회하고 있어요." 라고 말했다.

역시 대답은 내 생각이나 그의 생각이나 다를 바가 없었다. 담배 피우는 사람들이 공통적으로 가지고 있는 후회의 감정은 세계

공통의 것이라는 생각이 들었다.

　나도 문득 어떻게 담배를 피우게 되었나를 되짚어 보니 학력고사가 끝나고 얼마 지나지 않았을 때 친구들과 모여서 담배를 물어 본 것이 처음이었다. 그게 지금까지 계속 이어져 왔으니 얼마나 내 건강을 해쳤을까. 나라고 금연 비디오에 등장하는 거의 썩어 버린 폐의 모습을 못 본 것은 아니다. 시커멓게 니코틴에 절어 있는 폐의 사진은 거의 이십 년 동안 담배를 피워온 나의 가슴을 서늘하게 한다. 코미디언 이주일 씨가 텔레비전에 나와 담배가 맛있냐고 묻던 모습 역시 보았었다. 그런데도 참 이상한 것이 그런 모든 것을 보고, 잘 알고 있으면서 담배는 잘 끊어지지 않는다는 것이다.

　나도 날카로운 이성을 가졌다면 가진 사람이고, 의지가 약한 사람도 아닌데 담배에 있어서는 이상하게도 어김없이 예외적인 상황을 만들어 낸다. 세상에 둘도 없이 소중한 우리 정현이, 소현이를 위해서라도 끊어야겠다고 생각하는데도 되지 않는 것이 금연이다. 정현이, 소현이를 두고는 거짓말을 하려고 해도 도저히 안 나오는데 담배를 끊는 것은 죽어도 안 된다. 담배 끊는 것에 성공한 사람들이 참으로 위대해 보이는 것도 다 그런 이유 때문이다. 그런 의미에서 담배는 마약만큼이나 무서운 것이다.

　정현이와 소현이에게 더욱 미안한 것은 내가 담배를 피우는 모습을 많이 보여주었다는 것이다. 처음 담배 피우는 그 순간을 떠올려보니 이상하게도 담배가 무척 친숙해 있더라는 것이었다. 친구들을 따라 담배에 불을 붙여 처음으로 입에 물었는데 다른 아이들이 말하는 것처럼 머리가 핑 도는 현기증조차도 없었다. 어른 남자라면 당연히 담배를 피우는 이미지가 내 머릿속에 이미 자리를 잡고 있었다. 머리가 어지럽지도, 눈이 따갑거나 하지도 않아 그냥 그렇게 담배를 피우면 되는 줄로만 알고 있었다.

내가 담배에 그렇게 친숙하고 거부 반응이 없을 수 있었던 것은 아버지, 할아버지 모두 골초이셨기 때문이었다. 충남 강경 할아버지 댁에서 나고 자라면서 항상 보아왔던 것은 항상 담배를 말고 계셨던 할아버지셨다. 할아버지는 무릎에 나를 눕히시고 재우시면서 잎담배를 꼼꼼하게 말아 피우시곤 하셨다. 나는 몽롱하게 잠이 드는 와중에도 할아버지가 뿜어내는 담배 연기가 구름처럼 보였을 뿐이었다. 담배가 얼마나 나쁜지, 간접흡연의 영향이 얼마나 큰 것인지 아무도 교육해 주지 않았던 시절이었다. 아버지 역시 일을 하시는 틈틈이 잠깐씩 쉬시면서 달게 피우시는 담배가 휴식이라는 것에 가장 대표적인 인상이었다.

내가 담배를 피우는 것이 혹여 내 딸들에게 그런 인상을 주지는 않을지 몹시 걱정된다. 내가 할아버지에게, 아버지에게 담배 피우는 모습이 대물림되었듯이 내 모습으로 내 딸들이 담배를 피운다면 나는 내 자신이 정말 원망스러울 것 같다. 정말, 내가 피워보니 담배처럼 백해무익인 것은 없더라. 담배가 참으로 위험하고 무서운 것은 그것을 알면서도 끊어지지가 않는다는 것이다. 아이러니한 것이 담배 피우는 사람들이 담배를 끊어야겠다고 생각하면서 금연을 마음속으로 다짐하는 그 순간에도 담배를 피우고 있고, 담배가 몸에 좋지 않다고 내 건강이 담배 때문에 나빠졌을까 고민하는 순간에도 담배를 피우며 고민한다는 것이다.

마약류를 구분할 때 담배는 중독성이 아니라 습관성으로 분류하기는 하지만 담배에 어느 정도의 중독성이 있는 것은 거의 확실한 것 같다. 그렇지 않으면 어떻게 이런 아이러니한 상황들이 나타날 수 있겠느냐는 말이다. 몸에 좋지 않은 것, 게다가 원하는 순간 끊을 수도 없다면 애초에 시작하지 않는 것이 좋다.

내가 담배를 피우면서 우리 딸들에게 이런 충고를 한다는 것은 정말 아이러니하지 않을 수 없다. 아마 다른 사람들에게 내가 담배를 피우면서 금연하라고 충고하는 것은 상대로 하여금 신뢰가 가지 않는 행동일 수도 있다. 그러나 진심으로 내 딸들은 담배를 접하지 않았으면 하는 바람이다. WHO 담배규제협약을 위한 회의에 갔을 때조차도 담배를 피우고 있었던 아빠의 부끄러움과 아이러니가 내 딸들에게는 대물림되지 않았으면 좋겠다는 마음뿐이다.

저당 잡힌 청춘들

고시를 합격하고 검사도 하고 변호사도 하니까 드는 생각인지 모르겠지만 젊은 날을 고시 준비로만 보낸다는 것은 참 아깝다는 생각이 든다. 나 역시 젊은 청춘의 한 중간을 턱 잘라 고시에 갖다 바친 것이 가끔은 억울하다는 생각이 들기도 한다. 한창 미래에 대해 준비하고 사회를 배워야 하는 이십대를 오로지 고시 공부만 한다는 것은 가슴 아픈 일이다. 머리가 깨일 무렵 딱딱한 법서를 외우기만 한다는 것이 얼마나 우울한 일인가 싶다.

그나마 합격한 사람들은 조금 사정이 나을 수 있다. 고시에 불합격하고 결국 다른 곳으로 인생의 방향을 전환한 사람들은 마치 패자인 것처럼, 실패자인 것처럼 자신의 삶을 생각하고 있는 경우들을 흔히 보았다. 고시에는 합격하지 못했지만 그들이 결코 인생에 있어서 낙오자이거나 하지 않은데 그것을 평생 상처로 안고 사는 모습은 참 마음을 아프게 한다.

게다가 고시 공부라는 것이 짧은 시간이 걸리는 것이 아니지 않은가. 재학 중에 합격하는 사람들도 꽤 있지만 많은 사람들이 대학교를 졸업하고 나서 공부를 하는 경우들도 많고 고시 공부만 십년이 넘게 하는 사람들도 있다. 아까운 인재들이 몇 년 동안 고시에만 매달려 있어야 하는 폐해 때문에 법으로 고시에 나이 제한을 두었다가 얼마 전 기회의 균등이라는 헌법에 위배된다는 판결 때문에 나이 제한은 사라진 일도 있었다. 기회의 균등이라는 점에서는 나이 제한은 부당한 법이지만 똑똑한 사람들을 몇 년씩이나 같은 시험 준비만 시키는 것이 얼마나 안타까웠으면 그런 생각이 나왔나 싶다.

사실, 고시에 합격했다고 해서 인생의 활로가 바뀐 것도 아니다. 날더러 화장실 갈 때 다르고, 나올 때 다르다고 말한다면 나역시 할 말은 없지만, 서울 구경 못한 사람이 서울에 대한 꿈만 가지고 있다가 어느 날 서울에 다녀와 보고 '서울, 거 별거 없더라'고 말하는 것과 비슷한 것 같다. 물론 고시에 합격한 것은 나 스스로 생각할 때도 가슴 뿌듯한 일이고 부모님도 자랑스러워하시는 일이지만 그것이 내 인생관을 크게 바꾸어 놓았다거나 큰돈을 벌게 해 준 것도 아니다.

고시에 불합격해 결국 이쪽 세계와 전혀 다른 세계에 살고 있는 친구들도 보면 나보다 더 좋은 차와 더 좋은 집에 사는 경우들이 종종 있다. 일반적인 경우라고 하더라도 세세히 보면 나와 살고 있는 모습이 크게 다르지 않다. 그럼에도 불구하고 왜 젊은 나날들을 온통 고시에 매달려야 하고 거기서 탈락한 사람들은 평생 가슴에 한을 품고 살아야 하는지 나는 그것이 안타깝다.

국가적으로도 그렇다. 그래도 고시를 공부하는 사람들이라면 인재인데 그 사람들을 몇 년씩이나 고시에 매달려 있게 하는 것은 국가적 차원에서도 손해이다. 젊은 날에 경력을 쌓고 외국을 둘러봐 우리의 위치를 파악하여 가까운 미래에 중요한 역할들을 할 사람들이 실무에 대한 감각도 쌓지 못하고, 세계를 읽는 눈을 키우지도 못하고 책상에 붙어 앉아서 하루 종일 법전을 외우는 일은 득보다 실이 크다. 그 사람들이 좀 더 실무 경력을 쌓아 일선에 들어갈 수 있다면 더 많은 일을 잘 할 수 있지 않을까 하는 생각이 든다.

그런 의미에서 우리나라도 어서 고시 제도가 없어지고 로스쿨(Law School) 제도를 만들어야 한다. 고시 제도보다는 조건을 만족시킬 만큼의 교육을 받은 사람들에게 자격증을 주는 제도를 만들어 변호사가 된 이후에 경쟁을 시키는 것이 더 좋은 서비스를 보장할 수 있으리라는 생각이다. 판사와 검사는 실무 경력을 많이 쌓은 사람들 중 선출하면 된다. 특히 판사는 도덕성과 전문성을 겸비한 사람 중에 경력이 많고 출중한 업무 능력이 있는 사람들을 뽑으면 된다. 이미 로스쿨 제도를 도입한 많은 나라들이 그렇게 하고 있다.

　나도 새삼 팔 년 반이나 검사 생활을 하다가 변호사가 되어보니 그런 것들을 더 많이 느끼고 있다. 횟수로 구 년이나 검사 생활을 했는데도 몇 개월의 변호사 생활이 나에게 더 많은 것을 가르쳐 주었다는 생각이 든다. 솔직히 고백하자면 사람들은 검사에게는 무슨 말이든 잘 하지 않는다. 내가 저 사람에게 무슨 말을 잘못 했다가는 봉변을 당할지도 모르지, 이런 생각들을 하는 모양이다. 아무래도 처벌받을 수 있는 것을 조금이라도 줄이고 감추고자 말을 아끼고 잘 하지 않는 것이다.

　그런데 막상 변호사가 되어 보니 사람들이 변호사에게는 다들 굉장히 말을 잘 하고, 또 많이 이야기를 해 준다. 아무래도 변호사는 자기 편이고 자신을 보호해 줄 수 있다고 생각해서 그러는 모양이다. 그러다 보니 같은 서초동을 십 년째 왔다 갔다 하고 있는데 검사 생활을 하면서 왔다 갔다 하는 서초동과 변호사 생활을 하면서 왔다 갔다 하는 서초동의 모습이 달라 보인다. 같은 길로 같은 지역을 다니는 것인데도 어떨 때에는 갑자기 전혀 다른 세상인 것처럼 느껴지는 때도 있다.

　만약 내가 검사 생활을 하기 전에 변호사 생활을 먼저 했으면 어땠을까 하는 생각을 해 본다. 그냥 내 식으로 표현하자면 변호사 생활은 리얼 라이프를 느낄 수 있다고 말할 수 있을 것 같다.

리얼 라이프를 먼저 느끼고 검사 생활을 했다면 형식적인 것에 얽매이는 일이 조금 줄어들 수 있었을 것 같다.

지금 생각해 보면 간간이 나는 법에 따라 옳은 판단으로 행했다고 생각하지만 세상이 그렇게 법처럼 딱딱 떨어지는 것만도 아니어서 그때 이렇게 했으면 어땠을까 하는 생각이 드는 때가 있다. 이런 나의 회한은 분명 나만의 것은 아닐 것이라는 생각이 든다. 검사와 변호사 생활을 모두 해 본 사람이라면 이 둘의 차이에 고개를 끄덕일 수 있을 것이라고 생각한다. 아마도 로스쿨과 판검사 임명 제도의 개선은 이러한 실수 아닌 실수들을 조금은 막아 줄 수 있지 않을까 하는 생각이다. 기존의 법조인들이 자신들의 밥줄만 생각하고 좀 더 현명한 제도를 도입하지 못하는 것은 국민들은 생각하지 않는 너무 이기적인 주장이다.

내 딸들이 혹여 나의 뒤를 밟겠다고 고시를 준비하겠다고 하면 – 물론 그 때까지 고시 제도가 살아 있다면 – 물론 나는 적극적으로 딸들을 밀어줄 것이다. 내 딸들이 내 뒤를 이어 주겠다고 한다면 아빠로서 그 어찌 기쁘지 않겠는가. 그러나 나는 내 딸들에게 이렇게 말을 해 주고 싶다. 젊음은 걸 수 있을망정 인생을 걸지는 말아라, 라고 말이다.

한번 해보고 싶은 마음이 들었다면 최선을 다해서 해보는 것도 좋다. 그러나 합격하지 않았다고 평생을 매달리는 것은 위험한 짓이다. 고시가 인생을 걸 만큼 입신양명을 위한 절호의 기회가 아니라는 것을 빨리 깨우치는 것이 더 좋은 기회를 놓치지 않는 길일 수도 있다.

나는 자랑스러운 대한국인

우리 가족은 2002년 한일 월드컵 때 시드니에 있었다. 우리나라의 축구 경기가 있는 날은 우리 가족도 어김없이 동네 한인 식당에 가서 교민들과 같이 '대한민국'을 외쳤다. 아마 한국 사람이라면 그 때의 가슴 벅찬 느낌을 잊지 못할 것이다. 정현이와 소현이를 데리고 한국에 있지 않은 것이 안타깝기만 했지만 내 딸들도 한국인으로서의 정체성을 느껴봐야 한다는 생각에 더 교민들과 응원하는 자리를 빠지지 않았다.

그 당시 살던 집 부근에 나인 홀에 우리 돈으로 팔천 원쯤 하는 골프장이 한 오 분 거리에 있었는데 나는 종종 그곳에서 골프를 즐겼다. 우리나라와는 달리 캐디도 없이 자기가 골프채를 들고 다닐 만큼 아주 저렴하고 일반인들이 즐기는 일상적인 스포츠여서 그 골프장에 가면 동네 사람들을 아주 많이 만날 수 있었다.

그런데 어느 날은 어떤 뚱뚱한 아주머니 한 분이 내게 다가와서는 한국 사람이냐고 묻는 것이다. 솔직히 그 전에는 보통 먼저 일본 사람인지를 묻고, 그 다음에 중국 사람이냐고 묻고 나면 답답해서 내가 먼저 나는 'Korean'이라고 대답을 하곤 했다. 일반적으로 사람들이 다가와 먼저 한국인이냐고 묻는 경우는 매우 드물었기 때문에 나에게 다가와 한국인인지 묻는 그 뚱뚱한 아주머니가 놀랍기도 하고 반갑기도 했다.

"한국을 잘 아세요?"

내가 하도 반가워서 아주머니에게 물었더니 아주머니가 대뜸 대답하길

"아니 월드컵 주최하는 나라 아니에요?" 하고 말하는 것이 아닌가.

물론 호주가 자신들의 모국을 영국이라고 생각하고는 있지만 영국만큼 축구를 잘 하지도, 좋아하지도 않는 나라이다. 그런데도 월드컵을 우리나라에서 주최하고 있다는 사실을 알고 있다는 것은 월드컵이 국가 이미지에 얼마나 큰 이익을 가져다주었는지 가슴 뿌듯한 일이었다.

"한국은 길거리에서 정말 질서가 뛰어나던데요, 놀라워요."

뚱뚱한 호주 아주머니는 게다가 한국의 질서 의식까지 칭찬하고 있었다. 나도 텔레비전에서 보던 한국이, 내가 살고 있었던 한국인지 의심스러울 정도로 아름답고 멋진 데다가 사람들의 시민 의식이 놀라울 정도여서 감탄을 하고 있었던 터였다. 그런 모습이

호주 텔레비전에서도 나오던데 아마 그 아주머니는 그것을 본 모양이었다. 나는 내심 내 나라가 한국이라는 것이 자랑스러워서 어깨를 으쓱해하며 고개를 끄덕거렸다.

"그런데 길거리에서 응원할 때 한국 사람들이 입었던 빨간 옷들은 나라에서 모두 지급해준 것인가요?"

갑자기 그 뚱뚱한 아주머니가 나에게 물었다. 세상에나, 나라에서 나누어주는 것이냐고? 남한을 북한하고 헷갈린 것이었나? 나는 질문이 너무 황당해서 순간적으로 당황하고 말았다. 잠시 후 정신을 차리고 한국은 자유 민주주의 국가이며, 호주처럼 시민들이 자유롭고 자발적으로 행동하는 나라라고, 어떤 대중가요의 노랫말에서처럼 원하는 것은 무엇이든 할 수가 있다고 장황하게 설명을 했다. 한참 열을 내며 내가 설명을 하니 호주 아주머니가 약간 무안해졌는지 쓱 미소를 짓더니 가방을 메고 다음 홀로 이동하기에 나 역시 약간 무안해졌다.

월드컵을 하면서 국가 이미지는 많이 좋아졌지만 그 호주 아주머니를 만나보고 나서 우리는 여전히, 아직 가야 할 길이 참으로 멀다는 생각이 들었다. 국가 이미지가 좋아야 우리나라의 좋은 제품들이 인정을 받을 수 있고 그래야 무역을 하며 살고 있는 우리나라가 더 부유해지지 않겠는가. 많은 나라들이 국가의 좋은 이미지만으로 한 해에 수천만, 수억 달러의 관광 이득까지 올리고 있지 않은가. 멋진 자연 풍경, 유구한 역사와 동시에 그 나라의 문화를 파는 것 역시 그 나라에 대한 이미지가 크게 좌우하고 있는 것을 우리는 모르는 바 아니다.

그런데 호주에서 보니 외국인들은 해외에서도 널리 인정받고 있는 우리의 큰 기업들조차 한국 기업인 줄 모르고 일본 기업으로 알고 있는 경우들이 참 많았다. 게다가 기업들 역시 한국 기업이라는 것을 적극적으로 홍보하기보다는 은근히 일본의 좋은 이미지에 편승하는 것이 차라리 낫다는 생각을 하고 있는 것처럼 보여 너무나 안타까웠다. 분명 좋은 이미지를 홍보하는 것은 나라의 몫일 텐데 우리는 과연 얼마나 그것을 헌신적으로 했는지 묻고 싶을 지경이었다.

이런 일도 있었다. 정현이와 소현이를 데리고 골드 코스트(Gold Coast)로 놀러간 적이 있었다. 그곳에서는 수륙양용 버스가 있었는데 그것을 타자 가이드 두 명이 자세히 주변에 대해 설명을 해 주었다. 한 명은 영어로 설명을 하는 사람이었고 다른 한 명은 일본어로 설명을 해 주는 사람이었다. 아내도 나도 일본어에는 서툴렀고 호주에서 일상적으로 영어를 사용한 탓에 자연스레 영어 가이드의 설명에 귀를 기울였다.

그런데 자꾸만 이상하게도 일본어로 설명을 하는 가이드가 우리 쪽을 바라보며 설명을 하는 것이었다. 나는 우리 뒤쪽에 일본어에 귀를 기울이고 있는 사람들이 있는가 보다고 생각하고 뒤를 바라보니 모두 머리가 노란 서양 사람들만 앉아 있는 것이었다. 물론 그 사람들 모두 영어 가이드의 말에 귀를 기울이고 있었다. 그래서 주위를 둘러보니 그 수륙양용 버스에 앉아 있는 동양인이라고는 우리 가족밖에는 없었다. 보아하니 일본어로 가이드를 하고 있었던 사람은 우리가 당연히 일본인일 것이라고 생각하고 우리 눈을 마주치고 설명을 하고 있었던 것이었다. 그 사람은 우리가 내릴 때까지 우리는 알아듣지도 못하는 일본말로 너무나 자상하게 주변에 대해 설명해 주었다.

우리는 차마 우리가 일본인이라고 말도 못하고 그렇다고 그 사람과 눈을 마주치며 고개를 끄덕끄덕 하며 알아듣는 체할 수도 없는 상황이었던 것이었다. 다른 나라를 가면 어디든 일본어나 중국어 가이드와 안내 책자들은 쉽게 발견할 수 있지만 한국어 안내 책자를 볼 수 없는 것에 자존심은 상하지만 이미 그것에 대해서는 익숙해졌는데 지금도 그 때를 생각하면 참으로 민망하기 짝이 없는 광경이었다.

자존심이 상하는 상황은 그것에서만 그친 것이 아니었다. 해변에서 아이들을 데리고 수영을 하려는데 이제 겨우 막 걷기 시작하는 소현이는 바다에서 수영하는 것이 처음이었다. 애기니까 그냥옷을 벗겨놓고 물에서 놀게 하는 것도 좋지만 호주의 따가운 햇살에 아이의 연약한 피부가 자극받을지도 모르고 이왕이면 바다에서의 첫 물놀이인데 예쁜 수영복을 사 입히고 싶었다.

그래서 정현이와 소현이 손을 붙잡고 수영복을 파는 가게에 들어가 수영복을 한참 고르고 나서 계산을 하려는데 우리보다 먼저 수영복을 고른 일본인 부부가 대뜸 엔화를 내 놓는 것이었다. 나와 아내는 순간적으로 서로 얼굴을 마주 보면서 피식 웃었다. 호주에서 웬 엔화? 그랬는데 점원은 그 엔화를 받더니 계산기로 뭔가를 막 두들겨 본 후 호주 달러로 거스름돈을 남겨 주는 것이었다. 환율을 계산해 본 후 남은 돈을 호주 달러로 준 것이었다. 그 모습을 보니 또 은근히 자존심이 상했다.

"우리가 만 원짜리 내 놓았어도 달러로 거스름돈을 남겨 주었으려나?"

아내도 나와 같은 생각을 했는지 혼잣말처럼 질문을 했다. 정현이와 소현이는 뭣도 모르고 수영복을 갈아입은 후 모래에 앉아 뒹굴며 놀고 있었다.

"정현이랑 소현이가 커서 호주에 다시 왔을 때는 만 원짜리를 받아 줄 정도는 되어야 할 텐데 말이야."

아이들이 노는 모습을 보며 무심코 내가 말을 하자 아내도 동감했는지 고개를 끄덕끄덕했다.

아무래도 역사적으로나 문화적으로 우리가 일본의 우위에 있다고 생각하지만 경제적으로 일본은 세계 2위의 부강한 나라가 되다 보니 여러 가지로 우리는 자존심 상하는 일이 있다. 나는 호주에서 만난 일본인들에게 내가 호주에 올 때, 그것도 국비 유학생으로 오게 되었을 때조차 비자가 빨리 나오지 않았다는 사실을 단한 번도 이야기해 본 적이 없다. 뭐, 검사라는 직업이 특권층은 아니지만 그래도 나라에서 보장하는 확실한 직업이고, 게다가 국가에서 보내주는 유학으로 호주를 가는 것임에도 공부하러 가기 위해 받는 비자를 이 주일도 넘게 기다려야만 했다.

유학 비자를 받기 위해서는 증빙 서류를 더 준비해 와야 한다, 법무연수원 강의했던 증명서를 가져와라, 무엇을 추가로 첨부해라 등등 많은 조건이 따랐었다. 아마, 외국에 많이 나가 본 사람들이라면 이것이 왜 자존심 상하는 일인지 알 것이다. 호주에 유학 가는 일본 사람들이 가볍게 비자를 받아서 쪼르르 쉽게 공항을 빠져나갈 때 우리나라 사람들은 겨우겨우 받은 비자로 불법 체류의 가능성이 있는 사람들 속에 섞여 비자를 확인받고 까다로운 입국 절차를 밟아야만 한다.

참고로 호주에서 우리나라의 비자 등급 수준은 방글라데시와 같은 등급이다. 이것은 호주를 탓할 문제가 아니다. 우리나라 사람들이 불법체류의 가능성 때문에 까다롭게 비자 심사를 한다고 하는 것은 순전히 우리나라의 문제이다. 우리나라에서 부족한 일

자리를 외국에서 해소하려는 사람들의 노력에 우리나라는 도대체 무엇을 대비하고 해결 방안을 제시했는지 묻고 싶다. 비자의 문제는 외교적 역량, 그리고 국가의 이미지와 많은 연관이 있다. 왜 우리가 제대로 된 대접을 받지 못하는지 답답하기만 하다.

게다가 해외에 있는 교포들의 자존심도 중요하다. 모국의 영향력은 지구 반대편이라 할지라도 뻗칠 것이다. 영사관, 대사관에서 교민들을 철저하게 보호해 주고 우리나라가 잘 되고 있으면 교민들은 시키지 않아도 스스로 자신을 자랑스러운 한국인으로 생각하고 더 민간 외교관으로서의 역할을 하기 위해 노력할 것이라고 생각한다. 내가 만나보았던 호주의 교민들도 모두 그렇게 성실한 사람들이었다.

그럼에도 불구하고 총영사관에 대한 신뢰도는 형편없었다. 교민들이 어려운 일이 있을 때 지나치게 법을 따진다거나 하여 실질적으로 우리 교민들을 보호하지 못하는 경우들을 많이 보았다. 물론 그곳 나름대로 중요한 업무에 충실하겠지만 근본적으로 외교관들이 왜 존재하는지, 그들의 역할이 무엇인지, 정말 교민들의 편의를 위해 헌신적으로 일을 하고 있는 것인지 한번 물어보고 싶었다. 국익을 대변하고 교민들을 보호해야 하는 그들이 왜 그 역할을 제대로 수행하지 못하는지 안타까울 뿐이었다.

언젠가 우리나라에서 필리핀 여성들이 인신매매되고 인권이 유린되는 안타까운 사건이 있었다. 그 때 필리핀 영사관은 발벗고 나서서 그 여성들을 먼저 보호하고 나섰던 것이 기억이 난다. 참으로 그 나라를 본받을 만한 것이 그런 인권을 유린당한 여성뿐만 아니라 한국으로 시집을 왔다가 남편이 폭력적으로 대해 갈 곳이 없어진 필리핀 여성들까지 모두 감싸 안으며 보호를 해 준다는 것이다. 그런 것들을 비교해 보면서 우리나라 외교관들이 조금 더 노력해 주었으면 좋겠다는 생각을 한다.

정현이, 소현이가 어릴 때 살았던 동네, 학교가 그리워 다시 시드니를 찾아갔을 때 만약 지갑과 여권을 담아 둔 가방을 잃어버렸다는 전화가 나한테 걸려 온다고 하더라도 급한 대로 갖고 있었던 만 원짜리 지폐로 음식을 사먹으라고, 그리고 영사관에서 금방 다시 임시 여권을 재발급해 줄 것이니 혹시 무슨 일이 있으면 영사관에 부탁하고 거기서 너희들을 잘 보호해 줄 것이라고 마음놓고 이야기해 줄 수 있는, 그리고 한국인이라면 누구든지 한국에 대해 좋은 이미지를 가지고 있어 아이들에게 호의적이고 친절하게 대해줄 것이라고 나 스스로도 안심할 수 있는 그런 한국을 만들어야 하지 않겠는가. 이게 우리 부모 세대들이 아이들에게 꼭 해주어야 할 일이지 않겠는가.

우리의 궁극적 목적은

얼마 전 텔레비전에서 국가보안법에 대한 폐지 논란을 다룬 프로를 방송한 적이 있다. 나에게도 인터뷰 요청이 왔기에 전직 공안검사로서 전문적인 입장과 논리, 그리고 많은 자료들의 예시를 들면서 한 시간 삼십 분 정도 나의 의견을 이야기했다. 그런데 막상 텔레비전에서 내가 나오는 부분을 보니 한 삼십 초도 안 되는 분량으로 짧게 끝나 있었다.

한 시간만 방영하는 프로에서 사회자도 아닌 내가 몇 분씩이나 나올 것으로 기대를 하지는 않았지만 나의 주장에 대한 논리적인 맥락도 없이 앞뒤의 말을 싹둑 잘라버리고 방송을 내보내서 근거가 부족한 이야기인 것으로 비추어지는 것을 보고 조금 서운해진 적이 있었다. 어떤 논란이 있을 때 그것에 대해 토론하는 자세는 무척 중요하다. 상대방이 자신과 다른 주장을 가지고 있더라도 그 의견을 끝까지 경청해서 좋은 점을 취하고 맞지 않는 부분은 버리는, 그래서 만족스러울 만한 결론을 도출해야 하는 것이다.

그런데 우리의 토론 문화는 자신의 의견과는 맞지 않는다고 걸 핏하면 역적 취급을 하거나, 적으로 여겨버리는 짓을 참 많이 한 다. 이런 것들을 보면 참으로 안타깝기 그지없는데 중, 고등학교 때부터 입시 지옥에 빠져 있다가 대학교에 가서도 참된 토론문화 가 풍부하지 않은 우리 교육 제도를 비추어 보면 나의 의견을 절 름발이로 만들어 버린 그 프로의 피디를 탓할 일만도 아니라는 생 각이 든다.

국가보안법에 대한 문제라면 우리는 먼저 보수와 진보 진영의 대결로 생각하기가 쉽다. 그런데 과연 나는 가끔 보수와 진보의 경계가 어디서부터 어디까지인지 참 헛갈린다. 어느 당을 지지하 면 보수이고, 어느 당을 지지하면 마치 진보인 것처럼 비추어질 때가 많고 어떤 특정한 법을 지지하면 보수이고, 그것을 폐지하자 고 하면 진보인 것처럼 보일 때가 많다. 또 간혹 가다가 내가 공안 검사 출신이라는 것을 알고 나서 공안 검사는 당연히 수구 세력인 줄 알았다는 귀엣말을 하는 경우가 종종 있었다.

공안 검사들은 수구 세력이라는 말을 나도 어렵지 않게 들어와 서 그런 말에는 그저 허허 웃어버리고 넘어가지만 왜 그런 편가르 기를 하는지 나로서는 이해가 잘 가지 않는다. 나는 문민정부라고 불렸던 시절 검사가 되었다. 군사 독재 시절이었더라면 어찌 되었 을지 모르지만 내가 검사가 되고 열심히 일을 할 시절에는 구태여 누구를 수구해야 한다는 것도 느끼지 못했고 보호해야 할 정권도 없었다. 그럼에도 과거의 어떤 이미지만으로 여전히 왜곡해서 특정 집단을 바라보는 것은 나로서는 좀 반갑지 않은 일이다.

그래서 내가 국가보안법에 대해 이야기하는 것에 대해 혹 왜곡되지 않을까 하는 염려가 있는 것도 사실이다. 그러나 내가 분명히 말할 수 있는 것은 국가보안법에 대해서는 누군가의 이야기를 듣거나, 어디에서 배우거나 한 것이 아닌 내가 내 눈으로 직접 보고, 내 피부로 느낀 것이라는 것이다. 사실, 국가보안법의 찬양고무죄가 폐지되어야 한다고 생각하냐는 질문에는 대다수의 사람들이 그렇다고 대답을 한다. 그런데 만약 질문 내용을 바꿔 광화문 사거리에 김일성이나 김정일 사진을 걸어 두고 그 밑에 '김일성 수령 만세', '김정일 장군 만세'라고 붙여 놓는 것에는 어떻게 하겠냐는 질문을 한다면 대부분의 사람들이 붙이면 안 된다고 말을 한다.

이렇듯 국가보안법이 정확히 어떤 것인지는 자세히 알지 못하고 과거의 이미지만을 가지고 있거나 피상적인 이야기만으로 그것을 평가하는 경향이 있다. 물론 군사독재 정권 시절에는 반정부 활동을 하는 민주세력과 진짜 친북세력을 섞어 두고 국가보안법이라는 것으로 처벌하였다. 자신의 정권을 연장하려는 목적에 국가보안법이라는 편안한 형식을 끌어다 놓고 법을 귀에다 걸고, 코

에다 걸어 조금이라도 방해가 된다 싶은 세력들은 가차없이 가두어 버렸다. 이런 국가보안법을 악용했던 사례들은 참으로 비참한 우리 역사의 한 단락이다.

국가보안법이라는 미명 아래 억울하게 탄압받은 세력은 솔직히 문민정부 이전까지 비일비재했고 나 역시 정당하게 정부를 비판하는 사람들이 국가보안법에 의해 끌려가는 것을 목격하였다. 그러나 이미 시대가 바뀌었다. 악용의 소지가 있다는 사실만으로 국가보안법을 없애자는 것은 가시 박힌 손가락에 가시를 뽑아 약을 바르고 상처를 낫게 하는 것이 아니라 가시가 박혀 있다는 이유만으로 손가락을 자르자는 말과 비슷하다.

이미 나는 공안 검사로 일하면서 간첩 사건부터 북한과 직접 연계되어 북한으로부터 자료를 받고 행동 강령을 지시받는 우리나라 내의 활동 세력에 이르기까지 많은 사건들과 자료들을 보아 왔다. 우리가 북한과 동등한 위치에서 회담을 하고 유니버시아드 게임이나 아시안 게임 등을 함께 즐겁게 치러내고, 북한 주민들이 시시때때로 우리나라로 도망 온다고 하더라도 그들의 활동은 계속되고 있고 우리는 그것을 경계해야 한다. 우리가 북한 미녀 응원단을 보며 감격스러워하고 호기심을 갖는 것과 그들이 간첩 활동을 여전히 하며 남한을 교란시키려는 행위를 하는 것에 대해 같은 입장을 취해서는 안 된다.

우리가 이미 북한보다 경제적, 문화적 우위를 점하고 있다는 자신감을 갖고 있기 때문에 그들이 무슨 짓을 해도 우리는 그들에 의해 교란되거나 전복되지 않는다는 강한 우월의식이 있어 모든 점들에 있어서 그저 포용적으로 북한을 대해도 된다고 생각할 수 있다. 최근, 많은 사람들이 그런 입장을 취하고 있는 것이 사실이다. 그러나 북한은 여전히 우리와는 다른 방법으로 통일을 원하고 있고 이미 전 세계적으로 도태된 이데올로기를 우리나라로 확장시키기 위해 노력하는 집단이라는 사실을 잊으면 안 된다.

　그들은 유엔에 동시에 가입하고, 함께 운동경기를 펼치며, 얼굴을 마주 대하면 가슴이 벅차 오르는 우리의 핏줄이며 통일을 지향해야 하는 파트너이기도 하지만, 동시에 우리의 위협 세력이라는 두 가지의 지위를 갖고 있음을 기억해야 한다. 국가보안법에 대한 논란에서 이 법의 폐지를 주장하는 사람들이 내 놓는 대안으로서 형법이 국가보안법을 흡수할 수 있다는 말을 하곤 한다. 이 이야기는 다분히 법에 대해 잘 모르기 때문에 나올 수 있는 말이다.

　다소 전문적인 이야기를 해 보면, 국가보안법은 한시적인 법이다. 이것은 한시적으로 남북이 대치 상황이 있을 때에만 효력을 발휘하도록 만들어 놓은 법이라는 것이다. 그러나 형법은 영속법이다. 통일이 된 이후에도 계속 존재하고, 그것을 바탕으로 질서를 잡아가야 하는 법이다. 그러한 법에 한시적인 성격의 법을 포함시켜 통일이 된 후에 다시 바꾸고 하는 것은 다소 혼란스러워질수 있다. 게다가 통일이 된 후 형법을 바꾸어야만 하는 번거로움도 있을 수 있다.

국가보안법을 오해하고 있는 사람들 중 대구 유니버시아드 대회나 아시안 게임과 같은 곳에서 선수들과 응원단을 환영하면 국가보안법에 의해 찬양고무죄가 되고 그들과 악수를 하고 이야기를 나누면 회합 통신, 선물을 주고받으면 금품수수나 편의 제공이 되는 것이 아니냐고 하지만 이것은 법에 대한 오해를 극단적으로 풀어나간 것이다. 선의의 친선 목적인 경우에까지 국가보안법이 처벌하지는 않는다.

상식적으로 북한 응원단을 반가이 맞아 놓고는 국가보안법이 그들을 환영한다는 이유로 처벌하겠는가. 법은 괜히 만들어지는 것이 아니라 국민의 합의와 상식적이고 논리적인 납득이 가능하도록 만드는 것이다. 그러므로 응당 국가보안법은 우리나라를 해할 목적으로 행해지는 것들에 대해서만 처벌을 하지 않겠는가.

북한과 우리는 같은 민족이기 때문에 분명 통일을 해야 한다. 흔히들 하는 말로 이것은 민족의 숙원이고 그렇기 때문에 하루라도 빨리 통일을 해야만 한다. 그러나 그렇다고 해서 북한을 감성적으로만 대처해서는 안 된다. 성급하게 대처했다가는 더 먼 길을 돌아가게 될 수도 있다. 평화적인 통일을 위해서 북한과 교류하고 또 주변국과도 넓게 이로운 교류를 하면서 동시에 체육, 문화 교류를 함께 진행해 나아가야지 무작정 북한의 전술에 말려들어 그들이 하자는 대로 휩쓸려 갈 수는 없는 일 아니겠는가.

국가보안법은 우리가 길을 잃지 않고 평화적인 통일을 위해 한 걸음 나아갈 때 그것에 방해되는 것들로부터 우리의 방법론을 지켜내는 법이다. 적어도 내가 최전선에서 보아온 것을 바탕으로 한 판단은 그렇다. 왜 이러한 법을 폐지해야 하는가. 그럼에도 불구하고 많은 사람들이 이데올로기에 대한 대립은 이제 끝났고, IMF의 시기를 지나기는 했지만 우리의 경제가 궤도에 올라서고, 문화적으로 풍성해졌기 때문에 북한에 대해 너무 관용적으로만 생각한다.

어린 시절 수도 없이 그렸던 반공 포스터며 반공 웅변대회, '공산당이 싫어요' 같은 구호나 일화에서 오는 반작용으로 우리가 그때 그렇게 강요받았던 북한은 사실상 알고 보니 우리 형제고 부모 같더라는 마음이 더 진하게 우러나오는 것도 사실이다. 그러나 우리가 북한에 대해 느끼는 감정과 정책을 혼동하는 것은 곤란하다. 북한은 우리에게 형제이지만 동시에 우리와는 다른 방법으로 통일을 원하는 존재라는 것을 기억해야 할 것이다.

아마 모든 국민들이 우리가 주도적으로 북한을 통일하는 것을 원하지 북한이 원하는 방법으로 통일을 이루는 것을 생각지 않을 것이다. 그렇기 때문에 국가보안법이 필요한 것이다. 국가보안법의 문제의 문제로 진보와 보수를 나누는 것은 무의미한 짓이다. 왜냐하면 진보와 보수 모두 우리나라가 평화적이고 안정적으로 통일을 하는 것을 간절히 원하는 대한민국 국민이기 때문이다. 나 역시 우리나라가 그렇게 되기를 무엇보다도 더 깊이 원하고 있는 사람들 중에 하나이다.

국가보안법이 문제가 될 수 있다면 진보와 보수를 막론하고 우리가 공통적으로 바라고 있는 것인 무엇인지 먼저 생각해 보고 함께 논의해야 할 것이다. 대부분의 국민이 심정 깊게 느끼고 있는 법을 가지고 자신의 이익을 대변하는 데 이용한다면 그것은 선동밖에는 되지 않는 것이다. 이것은 진지하게 성찰하고 고민한 후 함께 논의해 보아야 할 문제인 것이다.

소원이 무엇이냐고 묻는다면

  로또가 막 생겨나서 사람들 사이에 폭발적인 신드롬을 낳았을 때 아내에게 슬쩍

  "우리도 로또 한번 사 볼까?" 라고 물은 적이 있었다.

  눈이 휘둥그레질 만큼 큰 당첨 금액은 로또가 아니면 어떻게 그 돈을 만져 볼까 하는 생각이 들었다.

  "로또 당첨되는 사람은 열심히 일은 했는데 그만큼 복이 잘 안 들어왔다가 한꺼번에 그 복을 받는 거예요."

  나의 실없는 말에 아내가 이런 대꾸를 하니 나는 할 말이 없어져 버렸다. 나도 로또로 대박 인생을 살아 보아야겠다는 생각은 전혀 없었지만 아내가 정색을 하고 말하니 조금 민망해져서는

  "그래도 만약에 이렇게 큰 공돈이 생기면 당신은 뭐 하고 싶어?" 하고 물으니,

  "정현이, 소현이 건강하고 당신 일 잘하고 있는데 무슨 공돈을 바래요. 그저 소원이라면 우리 식구들 모두 아프지 말고 건강한

것뿐이지." 라고 대답을 하는 것이었다.

우문현답이었다. 내가 역시 마누라를 잘 얻었다는 생각을 하고 있는데 대뜸 정현이가

"우리의 소원은 통일." 이라고 말하는 것이다.

아내가 소원이라고 말을 하자 정현이가 어디선가 배운 '우리의 소원' 이라는 노래가 생각났던 모양이었다. 정현이가 소원 타령을 하며 노래를 부르자 나도 곰곰이 내 소원이 무엇인지 생각해 보았다. 만약에 알라딘의 요술 램프 같은 곳에서 마법의 요정 지니가 나타나 세 가지 소원을 들어 준다고 하면 무엇을 바랄까. 나에게는 내 가족들이 가장 소중하니까 아마 첫 번째 소원은 나의 부모님을 비롯해서 정현이, 소현이 그리고 아내의 건강을 바랄 것 같다.

그리고 두 번째 소원으로는 나도 내 인생의 계획이 있고 하고 싶은 일들이 많으니 그 일을 잘 해 나갈 수 있도록 건강과 패기를 잃지 않도록 해달라고 빌고 싶다. 이런 것들이 있다면 무엇인들 못하겠나 싶다. 굳이 부와 명예를 바라지 않아도 스스로 노력하고 성실히 일하면 생계에 큰 지장 없고 내 딸들 뒷바라지하는 데 문제가 생길 것 같지는 않으니 이것으로 개인적인 소원은 충분하리라는 생각이 든다. 그렇다면 마지막 소원은 정현이가 불렀던 노래처럼 정말 우리나라의 통일이 되어야 하지 않을까?

얼마 전 육로로 북한을 가는 여행 코스가 개설되었다는 소식을 들었다. 검사들에게 금강산을 다녀올 기회가 있어서 나 역시 서울 지검 근무 시절 금강산을 관광하고 온 적이 있었는데 그 어떤 여행보다 가슴에, 눈에 남는 여행이었다. 금강산을 갔을 때는 겨울로 나는 개골산을 보고 왔다. 배로 금강산을 가는 길은 멀고도 험해 북진을 하였다가 공해로 나갔다가 다시 북한으로 들어가는 열 시간여가 넘는 꽤 먼 거리였다. 중국의 베이징만을 가도 비행기로 겨우 두 시간이면 인천 공항에서 베이징 공항까지 갈 수 있는데 그 다섯 배나 되는 시간을 거쳐야 겨우 북한을 들어갈 수 있는 것이었다. 북한 땅을 밟는다는 설렘과 그런 방식으로밖에 갈 수 없다는 씁쓸함이 이리저리 뒤섞여 기분이 묘하기만 했다.

금강산은 정말 아름다웠다. 사계절 모두 그 나름의 아름다움과 매력을 가지고 있다고 하더니 정말로 절경이었다. 육당 최남선 선생이 금강산을 보고 자연 일대의 걸작이요, 조화주 그 분이 다시 하나를 만들려 하시더라도 그리 될 수 없을 만한 일대 기적이라고 쓴 것이 과장이 아니었다. 솟고 낮음이 분명한 산등성이 모습과 기암절벽의 기괴한 모습이 옅게 내려앉은 눈 속에 아름다움을 발하고 있었다. 절경에 취하고, 북한 땅을 밟았다는 감격에 취해 한껏 들떠 북한의 추운 날씨도 추운 줄 모르고 여행을 했다.

우리가 관광을 하는 코스에는 산림 감시원들과 안내원들이 있었는데 텔레비전에서 보는 것처럼 가까이에서 인사도 할 수 있을 정도였다. 북한 사람은 생전 처음 만나보는 데다가 같은 민족이라는 동질감에서 느껴지는 뜨거운 무언가가 있어 안내원과 감시원들의 손을 덥석덥석 잡으며 인사를 나누었다. 그들도 나도 서로 반가워서 반갑다는 인사를 큰 목소리로 나누는데 가만히 보니 잡은 그들의 손이 모두 꺼끌꺼끌하게 터 있는 것이었다. 남자고 여자고 할 것 없이 마주하는 북한 사람은 모두 손이 거칠었다. 그러고 보니 초등학교 이후 손이 튼 사람들은 처음 만나는 것 같았다.

어릴 때 겨울이면 어김없이 연하게 피가 배어 나올 정도로 손이 터서 물을 데워서 받아다가 손을 불린 후 때를 벗기고 어머니의 크림을 손에 발랐던 기억이 어렴풋이 되살아났다. 그들이 입고 있던 파카도 솜을 펴 넣어 군데군데 누빈 살색의 솜 파카로 내가 어릴 적에 보았던 기억이 있었다. 문득 아직도 그들은 나의 어릴 적과 같은 시절에 살고 있다는 것이 그들의 손과 옷을 통해 명확하게 인식되었다.

그들의 손은 반갑게 마주 잡았지만 그 감촉 때문에 가슴에 선선한 인상을 남기고 돌아선 그날 밤 우리는 교예단 공연을 보는 순서가 잡혀 있었다. 남남북녀라는 말이 정말인지 귀골이라는 말은 그 사람들에게 어울리는 것 같았다. 어쩌면 성형수술도 안 한 자연산 얼굴들이 반듯반듯하여 진짜 한국형 미인이었다. 동글동글

한 얼굴에 둥근 눈썹, 쌍꺼풀이 없어도 둥글고 큼지막한 눈이 참으로 매력적이었다. 부리는 기교들도 기가 찰 정도로 완벽하게 해내는 것을 보니 박수가 절로 나왔다.

그러다가 문득 저 아가씨들이 형제들로 치면 내 막내동생뻘 즈음 될 텐데 그런 아이들이 저런 기교를 부리기 위해 얼마나 애를 썼을까 생각이 드니 가슴이 아파 오며 눈물이 나올 것만 같았다. 살이 찌면 안 될 테니 많이 먹지도 못하고 삐쩍 말라서 아침부터 저녁까지 기교를 연습해야 할 것이고, 평생 저렇게 연습해서 겨우 아파트 하나와 생활비가 보조되어 나온다고 하니 그것에 만족하고 살아야 할 것이다. 북한이라는 곳이 가난하다 보니 그것도 대단한 것으로 여기고 너도나도 그것을 하려 한다니 그것도 참 마음 아픈 일이었다.

공연 관람을 끝내고 배로 돌아가는 길에도 비슷한 쓸쓸함이 느껴졌다. 우리가 묵고 있는 배 근처는 마치 크리스마스에 명동에 나온 듯한 착각을 불러일으킬 정도로 나무에 꼬마전구를 화려하게 매달아 놓아서 환상적인 분위기를 연출해 놓고 있었다. 서울이나, 파리나, 북한이나 별반 다르지 않다는 느낌으로 고개를 돌려 보면 우리가 서 있는 곳만 환한 별천지고 다른 곳은 산인지, 들인지도 분간이 잘 안 되는 껌껌한 곳이었다.

그러다가 문득 생각을 해 보니 그곳은 낮에는 분명 온정리 마을

이었던 것이었다. 아마도 전력 사정이 좋지 않아 밤이 되어도 전 깃불을 환하게 켤 수 있을 정도가 되지 않는 듯했다. 밤에도 전기 가 들어오지 않아 껌껌한 마을, 그곳과 대비되는 현대 아산의 관 리 지역. 그 지점에서 과연 우리가, 그리고 내가 할 수 있는 일이 무엇인지 잠시 생각에 잠겼다.

북한에 가서 북한 주민들을 보는 것은 마치 오랫동안 보지 못했 던 친척을 보는 기분이었다. 지난 명절에 만났던 친척처럼 다시 만나니 낯선 느낌보다는 반가운 마음이 앞서는 그런 사람들이었 다. 나는 마치 한동안 잊고 있었던 동생을, 친척 사촌을 만나는 기 분으로 그들의 손을 부여잡았지만 그들의 행색과 거친 손이 소위 우리가 말하는 잘 먹고 잘 사는 것과 거리가 멀어 있는 것을 보고 있는 것 같았다. 아마 나뿐만 아니라 그곳에 다녀온 사람들이라면 모두가 느끼는 것일 것이다.

이런 의미에서 통일은 반드시 이루어져야만 하는 당위를 지니 고 있는 것이다. 북한 주민도 곧 나와 같은 민족, 친척이라는 전제 하에서 통일에 대한 담론이 이루어져야 한다고 나는 생각한다. 우 리가 이산가족 찾기를 텔레비전을 통해 보면서 가슴이 찡한 이유 는 굳이 설명하지 않아도 모두 알 것이라고 생각한다. 통일의 의 미는 그 어떤 실리적인 이유보다도 이산가족이나 북한 주민들을 생각하는 인도적인 차원에서 이루어져야 할 것이다.

이러한 심정적인 차원에서 이루어지는 통일이야말로 보수와 진보, 소위 좌파와 우파라 불리는 사람들의 경계를 뛰어 넘어 궁극적으로 우리 민족과 나라가 원하고 있는 통일이지 않겠는가. 목표가 같다면 그것을 공유하고 함께 추구하고 있기 때문에 세부사항을 논의하는 것에는 다소 원활하게 이야기가 될 수 있을 것이라고 나는 믿고 있다. 정현이가 더 이상 '우리의 소원'이라는 노래를 부르지 않게 될 날이 빨리 오기를 나는 온 마음으로 기다리고 있다.

아빠의 잔소리 – 끊임없이 공부할 것!

건강의 중요성이야말로 설명하자면 입만 아프다. 소현이는 아직 어려서 시키지는 않고 있지만 정현이에게는 수영을 시키고 있는 것처럼 항상 운동으로 몸을 단련하는 것을 어렸을 때부터 익혔으면 하는 것이 아빠의 마음이다. 정말로 몸이 건강해야만 건전한 생각도 할 수 있고 일도 열심히 할 수 있다는 것을 정현이, 소현이가 잊지 않았으면 한다.

살아가는 데 건강과 성품이 가장 중요하지만 그 다음으로 중요한 것을 들라면 공부라고 하고 싶다. 공부라고 하니까 갓난아이 때부터 조기 교육이라고 이것저것 사다주고, 학교 들어가면 학원이다 과외다 시키는 그런 공부를 떠올리기 쉽지만 내가 말하는 공부는 좀 더 넓은 의미에서의 공부이다.

공부를 쉽게 정의하기 위해서는 내 친구 이야기를 하는 것이 좋겠다. 내가 중, 고등학교 시절에는 수직적인 서열식 사고가 꽉 박혀 있었다. 이것은 나와 내 친구들도 그랬고, 선생님들도 그랬고,

부모님도 그랬다. 사회가 다변화되지 못했기 때문에 그 시절의 사회는 그런 생각을 했었다. 가치 체계가 수직적이다 보니 제일 공부 잘하는 놈이 제일 좋은 것이고 제일 공부 못하는 놈이 제일 나쁜 것이라고 줄을 쭉 세워두었다. 적성이고 뭐고 제일 공부 잘하는 놈은 법대, 의대 가는 것이고 거기 나온 놈들이 제일 잘 살고 제일 좋은 집에 살고, 사회에서도 제일 인정받는 줄 알고 있었다.

나 역시 그렇게 생각하고 있었는데 막상 사회에 나와 보니까 그것이 아니라는 것을 깨달았다. 세상에는 폭넓은 선택의 기회가 있고 어떤 선택을 하느냐보다는 그 선택과 주어진 기회 안에서 어떻게 살아가느냐가 더 중요하다는 사실을 깨달았다. 그 대표적인 예가 내 친구였다. 그 친구는 고등학교 때도 유난히 마음이 여리고 소심한 녀석이었다. 게다가 한참 공부해야 할 때 아버지마저 갑작스럽게 돌아가시는 바람에 공부도 제대로 못하고 방황도 좀 했었던 것 같았다.

학력고사가 끝나던 날 해방감에 친구들과 함께 술을 마셔보자며 모였던 자리에서 그 친구는 대학도 못 갈 것 같고 성격도 그렇게 생겨먹어서 어떻게 세상을 살아가야 하는지에 대해 한참을 한탄했었던 기억이 난다. 그리고 나서 그 친구는 바로 군대에 갔는데 그 이후로 연락이 되지 않아 그 친구를 잠시 잊고 살고 있었다.

그러던 어느 날 고등학교 때 친했던 친구들에게 연락을 받고 모임에 나갔더니 그 친구가 나와 있었다. 세련된 양복에 멀쑥한 모습이었다. 하는 일이 잘 되나 보다고 나는 생각하면서 막연히 사회에 잘 적응해서 다행이라고 생각을 했다. 그런데 알고 보니 적응 정도가 아니었다. 완전히 성공한 것이었다. 우리는 이제 겨우 대학 나와서 겨우 자리를 잡고 있을 무렵 그 친구는 회사에서도 크게 인정받고, 돈도 아주 많이 번 것이었다. 알고 보니 군대에서 제대를 하자마자 보험 세일즈맨이 되었던 모양이다.

기술도 없이 인문계 고등학교를 졸업하고 나와서 특별히 할 일이 무엇이 있을 수 있었겠는가. 소심한 성격 탓에 그 친구가 보험 세일즈맨이라는 직업에 적응하리라고는 아무도 예상하지 못했었단다. 그래도 그 친구, 정말 절박하게 꼭 잘 해 보이고 싶었다는 것이었다. 소심한 성격을 극복하려 무던히도 연습하고 부딪히고 했단다. 그 친구의 성공담을 들어보니 정말 그 친구 대단하다는 생각이 들었다. 시간이 가는 줄도 모르고 그 친구 이야기를 들어보니 확실히 패기와 자신감이 넘쳐나고 있었다.

변한 것은 소심한 성격만이 아니었다. 한참 동안을 이야기하는데 가만히 보니 이 친구 정말 다양한 분야에 대해 해박하다 싶을 정도로 많이 알고 있었다. 경제, 정치 할 것 없이 사회 돌아가는 구석구석을 다 꿰어 차고 있었고 읽은 책이 참 많았겠다 싶을 정도로 문화적 소양도 풍부했다.

내가 말하는 공부는 바로 그런 것이다. 자신의 전문 분야를 가지고 그 분야에 대해서 언제나 공부하고 다듬는 멋진 사람으로 내 딸 정현이, 소현이가 자라주었으면 하는 바람이다. 가능하면 많은 책을 읽고, 많은 생각을 하며 다양하고 폭넓은 길을 볼 줄 아는 눈이 넓은 사람이었으면 좋겠다. 그러자면 좀 인내를 하면서 공부하는 습관을 길러야 한다. 나는 공부를 기본적으로 사고의 훈련과 지식의 습득이라고 생각한다.

학교생활은 교우 관계라든지, 사회에 대한 연습을 미리 해 볼 수 있다든지 하는 이점들을 갖고 있는 곳이다. 보통의 경우라면 이러한 학교생활이 공부의 중심이 된다. 사회에 나와서는 그 동안 갈고 닦았던 공부를 사용하게 되고, 그 공부에 경험과 노하우를 결합시키게 된다. 사람이 사회에 나가게 되면 능력이라는 요건 중 가장 중요한 것이 공부인데 아무래도 사회에 나가서 일에 치이다가 보면 공부할 기회와 시간이 줄어드는 것이 사실이다. 그렇기 때문에 가능하면 학교를 다니고 있을 때 교양을 쌓고 열심히 공부를 하는 것이 좋다.

공부를 하기 위해서는 그 방법도 매우 중요하다. 무작정 책을 붙들고 있는다고 공부가 되는 것이 아니라는 것은 아마 삼척동자도 알 수 있을 것이다. 가장 효율적인 방법, 가장 잘 맞는 방법을 찾아야 하는데 나도 공부라면 이력이 붙을 정도로 했었던 사람이기 때문에 공부하는 법이라고 할 수 있는 노하우들이 몇 가지 있는데 우리 정현이, 소현이가 그것은 꼭 기억을 해주었으면 좋겠다.

가장 중요한 것은 자신의 장점과 단점을 파악하는 것이다. 입시 공부를 하거나 고시 공부를 할 때에도 어떤 부분이 가장 자신이 있고, 어떤 부분이 내가 약한지 파악을 먼저 하고 공부를 하는 것이 아주 중요하다. 약한 부분은 자꾸만 자신감을 떨어뜨리고 일종의 스트레스로 작용하기 마련이다. 괜히 약한 부분이나, 약한 과목은 그래서 더 공부하기가 싫어지는 경우들이 있다. 그러나 취약한 부분은 자신감이 생길때까지 집중적으로 공부를 반복해야 한다. 약하고 자신이 없는 분야나 과목이라고 한켠에 놓아두게 되면 영영 그 부분은 자신의 약점으로 남게 되고 전반적으로 성취도를 떨어뜨리기 때문이다.

공부가 잘 되지 않을 때에는 여러 가지 문제점이 있을 수 있다. 이 역시 그 원인을 찾아보면 해결 방안이 나오는 경우가 대부분이다. 기초 지식이 부족해서 그런 것이라면 더 쉬운 것들을 탄탄히 공부해야 하고 체력이 떨어져서 그런 것이라면 건강에 좀 더 신경을 써야 할 것이다. 과거의 자신을 질책만 하는 것은 현재를 위해서도 미래를 위해서도 그다지 도움이 되지 않는다. 질책을 하려면 현재의 자신을 질책해야 한다. 현재 자신이 해야 할 일은 무엇이고 하지 못하는 것이 무엇인지 생각해 보고 자신을 추스르는 일 또한 매우 중요하다.

또, 공부를 할 때에는 식사를 규칙적으로 해야 한다. 특히 아침에 밥을 꼭 먹어야 한다. 아침에 밥을 챙겨 먹는 버릇은 사소한 버릇 같지만 아주 중요한 것이다. 아침을 먹지 않으면 머리에 영양분이 제대로 공급되지 않아 아무리 공부를 해도 효과가 떨어진다. 나는 이것을 경험으로 알았는데, 최근에 탄수화물이 두뇌 회전에 영향을 준다는 연구 결과들이 속속 나오는 것을 보고 더 확실히 알게 되었다. 아침을 잘 먹는 것은 건강과도 밀접한 관련이 있다. 건강을 잃으면 공부가 무슨 소용이 있겠는가. 또, 건강하지 못하면 공부도 제대로 될 턱이 없다.

또 공부가 하기 싫거나 피로가 쌓였을 때 그것을 잘 해소할 수 있는 방법 한두 가지를 가지고 있으면 도움이 많이 된다. 나 같은 경우에는 달리기를 하거나 명상을 하는 것이 지금까지도 습관이 되어 있을 정도로 스트레스를 해소하고 정신을 맑게 하는 데 도움이 많이 된다. 달리기는 고등학교 때부터, 명상하는 것은 고시 공부 할 때부터 하던 것이었는데 내 평생 놓치지 말고 해야 되겠다고 생각할 만큼 생활에 윤활유가 되어 있다. 정현이와 소현이도 그런 것들이 하나 정도는 있었으면 좋겠다는 생각을 한다. 무슨 일에 있어서 컨디션과 평정심을 유지하는 것은 너무나 중요한 일이기 때문이다.

아직 정현이는 초등학생, 소현이는 이제 겨우 네 살인데 그 아이들이 고등학생이 되었을 때를 생각하면서 이야기를 하다 보니 구구절절 잔소리가 되어버렸다. 정현이와 소현이를 생각하면 나도 모르게 이런저런 노파심이 들기 시작해서 말이 길어지는 것만 같다. 호주에서 공부를 하고 온 직후 아내와 내가 정현이가 한국 학교에 적응을 잘 할 수 있을지, 한국 초등학교에서 배우는 것들을 잘 따라갈 수 있을지 걱정하는 모습을 보고 어머니께서 하신 말씀이 있다.

"공부도 다 팔자다."

호주에서 학교를 다닌 기간 때문에 한국에 돌아와서 다른 애들보다 공부가 뒤지지 않을까 걱정을 하고 있는 우리 부부에게 어머니께서 너무 걱정하지 말라고 하신 말씀이셨다. 정현이, 소현이도 지들 팔자에 공부가 있으면 시키지 않아도 악착같이 공부할 것이고, 팔자에 공부가 없으면 아무리 시켜도 공부와는 거리가 멀 것이니 부모로서 너무 안달복달하지 말고 마음을 비우라는 뜻인가 보다. 그래도 아빠라고 애들 얼굴만 봐도 내 딸들 잘 키워야 하는데, 하는 조바심이 난다. 자기 자식들에 있어서는 마음을 쉽게 비우지 못하는 것이 아마 부모 마음이라 그러는 모양이다.

세상의 원칙

  할아버지가 돌아가셨을 때에는 정말 죽음이 그런 것이구나, 뼈저리게 느꼈었다. 일흔일곱이라는 연세에 돌아가셨으면 자식들이나 나 같은 손자들에게 크게 회환으로 다가오지도 않을 법했었는데 당시 고 삼이었던 나로서는 할아버지께서 돌아가시는 과정과 그 장례 과정을 세세히 다 지켜보면서 마음에 꽤 큰 충격으로 다가왔다. 할아버지께서는 위암에 걸리셔서 한동안 고생을 하시다가 일주일 정도 식사를 못하시더니 당신의 생신 다음날 영원히 돌아오지 못할 길로 떠나셨다.

  나는 할아버지께서 직접 말아 피우시던 담뱃잎이 놓여 있는 선반과 내 눈앞에서 직접 염을 하는 모습을 번갈아 보면서 죽음이란 어떤 것인지, 산다는 것은 어떤 것인지 꽤나 고민을 했었다. 그러면서 할아버지께서 돌아가셔서 땅에 묻혀 한낱 흙으로 돌아간다는 사실을 도저히 믿을 수가 없었다. 그래서 내 스스로 위안을 했었던 것이 할아버지는 누군가로 다시 태어나실 것이라는 확신이었다. 나는 불교 신자도 아니면서 마음 깊이 할아버지의 윤회를 믿고 있었던 것이었다.

사실 종교는 나에게 이런 존재였다. 정확히 말하면 나는 종교가 없지만 불교든 기독교든 좋은 가치들은 마음속에 새겨 두는 편이다. 종교마다 장단점이 있고 마음에 새겨두어야 할 대목들을 각자 갖고 있다. 불교의 윤회론은 내가 받아들일 수 없는 할아버지의 죽음에 위안을 주었다면 기독교의 이미지는 외할머니의 장례 때 기독교 식으로 망자에게 우아한 예를 갖추던 외숙모의 모습이 상당부분 좌우하고 있다.

불교가 스스로 진리를 탐구하고 추구하는 종교라면 기독교는 우주의 진리를 깨치고 계시는 예수라는 분이 사랑이라는 이름으로 그것을 설파하는 종교가 아닐까 한다. 불교든 기독교든 가르침 자체에 대한 깨달음보다는 현세에 대한 구복 신앙으로 변질되어 있는 감이 없지 않아 있지만 어떤 종교를 믿는 다는 것 자체는 마음의 평안을 위해 매우 좋은 일이라는 생각이 든다.

그런 의미에서 정현이, 소현이가 어떤 종교를 가지는 것은 바람직한 일이라고 생각한다. 아내도 나도 특별히 교회나 절을 다니는 것이 아니기 때문에 엄마, 아빠의 영향으로 아이들이 종교를 믿게 되는 것은 아닌 것이 되었으니 일단 종교의 선택이라는 문제는 아이들의 몫이 되어 버렸는데 나는 아이들에게 이런 말을 하고 싶다. 사랑도 종교도 너무 맹신하는 것은 그다지 좋지 않다고 말이다. 어떤 종교를 믿든지 간에 그 종교를 믿지 않는 사람들에게 너무 배타적이지 말고 폭 넓은 시각으로 다른 사람들도 감싸 안는 법을 배웠으면 한다.

종교라는 것이 일종의 바르고 건강한 생활의 잣대가 되는 것이고 남들을 대함에 있어 사랑과 자비로서 이루어져야 하는 것인데 너무 근시안적으로 종교만을 맹신하고 다른 사람들을 껴안지 못한다면 그것은 종교를 믿지 않음만 못하다. 누군가가 이런 말을 했다. 밥맛은 어떻게 설명을 할까? 아무리 말로, 그림으로 사진으로 설명을 한다고 해도 밥의 가치와 의미, 그리고 그 맛은 직접 먹어봐야 알 수 있는 것이다.

아마 밥맛을 말로 설명하려 든다면 팔만대장경, 전 세계에 제일 많이 팔렸다는 책 성경 수만 권으로도 다 설명하지 못할 것이다. 밥을 먹어보지 않은 사람에게 밥맛을 설명해서 완전히 이해시키는 것은 거의 불가능한 일이 분명하다. 종교적인 진리도 이런 것과 같은 맥락이 아닐까? 인간에게는 언어라는 한계가 있다. 어떤 진리를 언어로, 글로만 설명하는 것은 한계가 있을 수밖에 없다. 그러므로 종교에 관심을 가지고 그 근본적인 진리를 설명하는 데 있어서는 한계가 있을 수 있다는 것 역시 함께 이해했으면 좋겠다.

종교 이야기가 나왔으니까 말인데 한번은 이런 일도 있었다. 울산에서 검사를 하고 있을 때 무슨 뜻인지도 모르면서 시디로 된 천수경과 금강경을 듣고 다닌 적이 있었다. 그냥 그 운율이 마음을 매우 고요하게 해 주어서 가끔 음악처럼 듣곤 했었던 것이었다. 그 때 마침 교육감 비리 사건을 수사하고 있었을 때였는데 수사를 받는 사람이 뇌물을 받지 않았다고 계속해서 우기고 있는 상황이었다. 여러 가지 정황상 돈을 받지 않았을 리가 없는데 계속 버티기만 하고 있었다.

　한참 밀고 당기는 수사를 하다 보니 수사를 하는 나도 수사를 받는 그 사람도 지칠 만큼 지쳐 있었다. 몇 시간을 비슷한 말로 실랑이를 했는지 알 수가 없었다. 그래서 나도 잠시 쉴 테니 함께 좀 쉬자고 제안을 하며 내 방의 소파를 내주었다. 그러면서 방에 있던 시디플레이어의 재생 버튼을 누르고 잠시 나갔다가 들어오니 이 사람이 막 울고 있는 것이 아니겠는가. 보아하니 내가 나가면서 틀어 놓았던 것이 음악이 아닌 시디플레이어에 계속 꽂혀 있었던 천수경이었던 모양이었다.

　이 사람은 그것을 가만히 듣고 있으려니 인생이 참으로 무상한 것인데 그곳에서 그렇게 수사를 받고 있었던 자신의 모습이 참으로 비참해졌었던 모양이었다. 그러고 나서 그 사람은 모든 사실을 솔직하게 말한 일이 있었다. 인간의 깨달음에 있어 종교는 가끔 이런 구실을 하는 모양이다.

나도 가끔 그런 생각을 한다. 형체를 가진 것이, 모든 객체가 그저 하나의 관념일 뿐 모든 것이 내 마음속에 있는 것이 아닌가. 그저 눈앞에 얼룩진 과욕은 결국 내 마음속을 더럽히는 것일 뿐, 빈손으로 왔다가 빈손으로 가는 인생에 욕심은 쓸데없는 것, 어차피 가지고 가지도 못할 부귀영화를 위해 그렇게 아옹다옹할 필요가 있겠는가 하는 것이다. 물질적인 것은 결국 사라지고 마는 것, 오늘 먹은 밥은 내일이면 배고파지고 오늘 산 옷은 몇 년 후면 헤지는 것이 아니겠는가.

진정 영혼을 만족시키는 것은 스스로 나와 마음속의 내 자아가 본질적인 대화를 나누며 내가 진정으로 하고 싶은 것, 내가 내 가족에게 기여할 수 있는 것, 그리고 여력이 된다면 나아가 내 나라에 무엇을 할 수 있을까에 대해 생각하는 것이 아닐까 한다. 크고 넓게 보면 무엇이든 평화로울 수 있다. 이것이 내가 그 동안 살아오면서 생각한 종교이다. 종교관이라면 종교관이고 삶의 철학이라면 철학인데 내가 살아가고 행동하는 데 기준이 되어 준다면 그것이 종교가 아니고 무엇이겠는가.

가만히 생각해 보니 그런 의미에서의 종교라면 나에게 진짜 종교가 하나 있다. 그것은 내 아내, 정현이, 소현이! 내게 가장 소중한 보물인 내 딸들과의 행복. 그러고 보니 내가 살아가고 행동하는 데 기준이 되는 것은 바로 내 가족이다. 정현이와 소현이에게 부끄럽지 않은, 가능하다면 좀 더 자랑스러운 아빠가 되는 것. 그리고 정현이와 소현이가 자랐을 때 한국이라는 땅이 좀 더 풍요로워져서 공부도 하고 싶은 만큼 하고 즐겁고 행복하게 살 수 있도록 토양을 만들어 주는 것. 그래서 사회 속에서 내가 가지고 있는 능력을 미약하나마 발휘하고 노력하면서 그 책임을 다하는 것. 그것이 나의 역할이고 나를 그렇게 만드는 것이 바로 내 가족이 아니겠는가.

누구에게 가족은 무엇보다도 소중한 것이겠지만 나에게는 특히 내 가족이 내 행동의 준거가 되어 주고 있다. 그러니 그 어떤 종교보다도 강력하다고 말하는 것이 절대 과장된 말이 아니지 않겠는가. 누가 나에게 종교가 무엇이냐고 물어 내가 내 종교는 가족이라고 말한다면 비웃을지도 모르겠다. 그러나 언제나 정현이, 소현이를 가슴에 품고 있고 내가 성실히 하는 것이 결국 내 딸들이 미래에 받을 보상이라고 생각하며 매사에 임한다면 그보다 더 종교다운 종교가 어디 있겠는가.

인복은 자신이 만드는 것

어느 날은 일을 마치고 집에 들어가니 아내가 나한테 무슨 말을 전하려다 말고 쉴 없이 웃는다. 나도 덩달아 배시시 웃으면서 무슨 일이냐고 묻는데 아내는 계속 웃느라고 말을 제대로 잇지 못했다.

"아니 글쎄, 오늘 정현이가…"

무슨 일인지 너무 궁금해져서 물을 한 잔 마시게 하고 이야기를 들어 보니 정현이에 대한 이야기였다. 학교에서 아폴로 눈병이 유행하고 있어서 아내도 아이들에게 주의를 기울이고, 학교에서도 꽤나 신경을 쓰는 모양이었다.

그런데 정현이가 학교를 파하고 돌아오는데 눈병에 걸려 눈이 벌게진 아이와 함께 돌아오고 있었던 모양이었다. 아내가 보아하니 다른 친구 하나도 오고 있는데 눈병 걸린 아이를 피하려고 멀찌감치 떨어져 오고 있더란다. 멀찌감치 떨어져 오고 있던 친구가 지나가면서 정현이에게

"야, 걔 눈병 걸렸잖아. 같이 놀지 말아야지. 너도 눈병 옮아!"
라고 말을 하더라는 것이었다. 그랬더니 정현이가 큰소리로 하는
말이

"너는 왜 그렇게 싸가지가 없니? 그럼 너 감기 걸렸을 때 내가
너한테 감기 옮는다고 너 왕따시키면 좋겠니?" 라고 하더라는 것
이었다. 조그마한 녀석이 못하는 말도 없이 동네가 쩽쩽하게 대꾸
를 하는 모습이 상상이 되어서 나도 한참을 웃었다.

"이게 다 집에서 당신이 하도 싸가지, 싸가지 해서 그래요. 싸가
지가 있어야 한다고 애들한테 자꾸 그러니까 나가서도 애들이 싸
가지, 싸가지 하잖아요. 누구 딸 아니랄까 봐. 다른 표현을 좀 써
요, 그러니까."

아내는 애들 입에서 싸가지라는 말을 하면 언어를 순화시키지
못하고 툭 내뱉는 말인 것 같아 좀 그랬던 모양이었다.

"아니, 그럼 싸가지라고 그러지 뭐라고 하나. 사람이 싸가지가
있어야지. 그보다 더 적당한 말이 어디 있어."

아내가 그렇게 말을 하자 속으로는 좀 뜨끔했지만 나도 질세라
그렇게 말했다. 그러면서 괜히 정현이가 슬슬 싸가지가 뭔지 이제
좀 알아 가는구나 하는 생각이 들었다.

가만히 보면 검사 생활과 짧은 변호사 생활을 하며 느꼈던 것은
정말 사람은 인품이 중요하다는 것이다. 어떤 사람을 평가할 때

기준이 되는 것은 역시 능력과 인품이다. 능력만 있고 인품은 없으면, 반대로 인품은 있으나 능력이 없으면 주변 사람들이 참으로 고생을 많이 하게 된다. 능력은 열심히 공부하고 노력해야 하는 것이고 인품은 언제나 주변과 자신을 뒤돌아보아야 하는 것이다.

남자, 여자 가르자는 것은 아니지만 간혹 보면 여자아이들이 남자 아이들보다 인맥이나 인간관계 관리를 소홀히 하는 것 같아 안타까울 때가 있다. 능력은 있는데 인맥이 없어 원하는 일을 제대로 해 내지 못하는 것을 보면서 능력을 키우는 것만큼 왜 인맥 관리를 하지 못했는지 참 안쓰럽다. 그런 모습들을 보면 우리 두 딸들이 생각나지 않을 수가 없다.

나는 광주지검과 울산지검, 그리고 서울지검을 거치면서 인간관계에 대해 참 많은 것을 느끼고 배웠다. 아직도 무슨 일이 있으면 나를 도와주는 사람들이 다 그네들이다. 나와는 지연도 없고 학연도 없는 많은 사람들이 순전히 정으로 끈끈하게 이어져서 계속해서 인연이 이어지고 있는 것이 나에게는 그 무엇보다도 큰 재산이라는 생각이 든다.

검사를 그만두고 막상 변호사를 하고 보니 변호사는 천차만별이다. 그 전에는 잘 느끼지 못했는데 검사에서 변호사가 되어 보니 그 차이가 확실하게 느껴진다.

나랏일을 하는 공무원이라는 확고한 테두리가 있고 보니 검사들은 행여 다른 사람들에게 나라에서 주는 공밥 먹는다고 할까 봐 성실히 일하고, 바른 행실을 해야 한다는 마음이 있어야 한다. 명시적으로든 묵시적으로든 행실을 감시하는 눈들이 실제로 있고 또 그것을 굳이 의식하지 않는다고 하더라도 내가 검사니까, 나랏돈을 받으니까 똑바로 해야 된다는 생각을 하면서 그것이 행동의 양식이 되었다. 또, 나에게 월급을 주는 사람은 상사가 아니고 국민들이니 어디서든지 당당하고 소신대로 밀어붙일 수도 있었다.

그러나 변호사는 돈에 가치를 두면 장사치도 될 수 있고 봉사에 의미를 두면 공직자와 비슷한 성격을 지닌 직업도 될 수 있는 다양한 가능성을 지니고 있는 것이다. 검사들은 주는 월급만 받으니 돈과는 무관한 경우들이 많다.

그런데 변호사는 다르다. 사건의 의뢰인이 들어오고 그 의뢰인이 직접 나에게 돈을 주는 거래 관계가 성립하는 것이다. 변호사가 되어서 내가 하는 일에 금전이라는 이해관계가 생기니 내심 당황스러운 면이 있다. 내가 하는 서비스가 직접 돈으로 연결된다고 한번도 생각해 보지 않았는데 생각지도 않았던 일들을 하려니 당황스럽고 민망하기까지 하다.

그래서 변호사들에게는 몇 가지 유혹들이 있는데 그것은 바로 사건 브로커라는 것이다. 사건 브로커라는 사람들이 변호사들에게 일을 가져다주면 변호사는 의뢰인들에게 돈을 받아 그 중 몇 퍼센트를 브로커들에게 주는 것이다. 그러나 사실 이것은 변호사법을 위반하는 것이다. 그래도 여전히 사라지지 않고 계속되고 있는 것이 사건이 없으면 변호사는 수입이 하나도 없을 수도 있고 일이 많이 들어오면 수입이 많아질 수도 있기 때문이다.

솔직히 나에게도 유혹이 없었던 것은 아니었다. 아는 사람이 내가 변호사로 개업을 하자 사건 하나를 알선해 주었는데 나는 순진하게도 호의에서 그러는 줄로만 알고 있었다. 그런데 알고 보니 사건 브로커처럼 알선료를 요구하는 것이었다. 그래서 단호하게 그 사건을 맡지 않았던 적이 있었다.

사실 내가 브로커도 없이 변호사를 잘 할 수 있는 것은 순전히 내 주변 사람들 덕분이다. 물론 나에게도 검사 때처럼 암묵적인 감시의 눈이 없기 때문에 더 행실에 신경을 쓰고 더 담백하고 더 깨끗하게 해야겠다는 의지가 있는 것이 사실이지만 주변 사람들이 나를 도와주지 않는다면 그 역시 확신할 수 없는 것이다. 그 동안 알고 지내던 분들이 나에게 조금의 대가도 바라지 않고 친구들이나 아는 사람들을 소개 시켜주어 일을 하게 된 경우가 많았다.

아내도 가끔 하는 말이 검사 때도 줄도 없이 어떻게 어떻게 잘도 헤쳐 나가더니 변호사 때도 그럭저럭 잘 해나간다고 한다. 특별한 줄은 없어도 함께 일하고 부딪히고 했었던 지인들의 덕택이다. 또, 불과 얼마 전까지 나름대로 성실히 검사로 일하던 사람이 만약 관행이라는 이름으로 불법과 타협한다면 어떻게 선후배 검사들과 주위 분들의 낯을 볼 수 있겠는가 말이다. 브로커를 쓰지 않는 소신 있는 변호사들은 내가 나의 지인들에게 마음 속 깊이 감사하고 있는 이유를 잘 알 수 있을 것이라고 생각한다.

나 역시 관행과 타협하지 않는 많은 변호사들을 같은 입장에서 잘 이해할 수 있다. 변호사를 하면서 느꼈던 당혹감들은 나의 지인들이 상당 부분 무마시켜 주고 있다. 나 역시 그들이 어려울 때 더 많이, 더 성심껏 도와주려 노력하고 있는데 정현이와 소현이가 그런 아빠의 모습을 잘 지켜봐 주었으면 좋겠다. 내가 말하고 있는 싸가지가 얼마나 중요한 것인지. 주변 사람들과 허심탄회하게 마음을 터놓고 좋은 관계를 유지하는 것이 그저 마음이 울적할 때 말동무가 되어주는 것뿐만이 아니라 내가 하고자 하는 일에, 내가 어려움을 당했을 때 얼마나 큰 힘이 되어 줄 수 있는지 말이다.

적어도 내 딸들은 좋은 인간관계 속에서 성심껏 지인들을 돕고 아끼는, 그리고 또 도움을 받고 사랑을 받는 그런 아이들이 되었으면 하는 바람이다. 인복은 사주팔자에 그냥 들어있는 것이 아니라 자신이 어떻게 하느냐에 달려 있는 것이다.

3

에필로그
나의 여인, 여인들

호주에서 있었던 일

어느 날 학교에 다녀와서 보니 편지가 한 통 와 있었다. 서툴게 영어 주소를 써 내려간 편지, 누구일까? 나는 편지를 서둘러 뜯어보았다. 어머니였다. 어머니! 어머니는 사실 글씨를 못 쓰고, 못 읽으셨다. 당신은 글을 못 읽으셔서 정현이가 동화책을 들고 가서 읽어달라고 하면 난처해하셨던 분이 우리 어머니셨다.

손자, 손녀들에게 동화책을 읽어 주지 못하시는 게 마음에 걸리셨는지 예순이 다 되셔서 주부 대학 같은 곳에서 글자를 익히기 시작한 것만 알고 있었는데….

'사랑하는 내 아들아!'

언뜻 보기에 일필휘지로 멋들어진 글씨체는 아니었지만 정성을 들여 꼼꼼하게 쓴 글씨가 가슴을 뭉클하게 했다.

'그곳에서 건강하게 잘 있니? 며늘아기와 정현이, 소현이도 모두 잘 있겠지.'

눈에 글자 하나 하나가 와서 박히는 것만 같았다. 어머니의 목소리, 어머니의 손짓, 어머니의 습관 등 모든 것이 내게는 익숙한 것들이었지만 어머니의 글씨는 낯설기만 한 것이었다. 그 낯설음이 어쩌나 내게 감격스럽던지 말이 나오지 않을 지경이었다. 어머니가 정성을 들이고 시간을 들여서 썼던 글을 도저히 한꺼번에 휙 읽어 내려가지 못할 것 같았다. 문장 하나하나, 글자 하나하나 모두 가슴에 새기기라도 하려는 듯 나 역시 시간을 들이고, 정성을 들여 꼼꼼하게 외우듯 읽어나갔다.

호주에서 돌아와 보니 어머니는 공부에 한이 맺히셨는지 손에 관절염이 있어도 자주 불경을 습사하신다. 정성을 들여 쓴 탓인지 글씨체도 무척 예뻐져 몇 년 전만 해도 글을 모르시던 분이라는 것을 알아차리기 힘들 정도이다. 수영도 잘 하시고 자전거도 잘 타시는 어머니가 그저 건강하게 오래 사셨으면 하는 바람뿐인데 어머니는 아직도 자식들 걱정이실 때가 많다.

어머니는 양로원과 고아원을 15년이 넘도록 다니셨는데 매 당신 생신 날이 되시면 생신 상을 받지 않고 음식 장만을 하셔서 고아원이나 양로원에 가신다. 이런 말을 어머니께 건넨 것이 아마 작년이었나?

"그러지 마시고 양로원이나 고아원 가는 것은 저희가 알아서 할 테니 저희가 준비하는 생신 상 받으세요, 어머니."

내가 이렇게 말씀을 드렸더니

"명절 날, 생일 날 챙겨서 그런 곳에 가는 것은 다 너희들 잘 되라고 그러는 것이지. 나 잘 되려고 그러는 거냐? 좋은 일을 많이 해야 너희들 모두 건강하게 좋은 일 많이 생기지."

또 할 말이 없어져 버렸다. 자식들이 어머니 챙겨 드려야 할 나이인데 어머니는 아직도 자식들 잘 되기를 마음속으로 기원하면서 보시를 하시는 것이었다. 코끝이 찡해 왔다. 내가 그래도 이만큼 건강하게 잘 있고 하고 싶은 일을 하면서 살 수 있는 것은 어머니 덕이구나.

그러고 보니 나는 부모 복만 있는 것이 아니라 아내 복도 많다. 한마디로 나는 여복이 많은 사람인가 보다. 아내를 처음 만났을 때 나는 이미 선을 두 번이나 보았었다. 고등학교 때 하도 공부만 해서 대학 때는 모범생의 이미지를 깨려고 공부하는 것 외에도 친구들과도 잘 어울리고 해서 친구들과 함께 미팅도 가끔 해 봐서 그런지 선을 보는 것이 시큰둥했다. 별로 마음에 들지도 않고, 그냥 그런가 보다 무덤덤했다.

게다가 어머니가 이제 결혼할 때가 되었다고 생각하신 것이었지 내가 결혼을 해야 되겠다고 마음먹은 것이 아니어서 세상을 더 배우고 난 후 결혼을 해도 무관할 것이라는 생각만 들었다. 그러니 어여쁜 아가씨가 선 자리에 나와도 시큰둥할 수밖에. 그런 마음 상태였던 데다가 원래 나는 이상하게도 애교 많고 싹싹한 여자를 별로 좋아하지 않는다. 또 약속 시간 늦는 사람은 바쁜 남의 시간을 뺏는 사람이라고 생각했다.

그런데 선보기로 한 여자가 이십 분이 지나도 나타나지를 않는 것이었다. 화가 나서 담배만 피우며 짜증스럽게 앉아 있는데 어떤 여자와 그 어머니로 보이는 사람이 허겁지겁 찻집으로 들어오는 것이었다. 인연이란 참 이상하기도 하지? 찻집으로 들어오는 그 여자가 나랑 선보는 사람일지 아닐지도 모르면서 은근히 내 앞자리에 앉아주길 바랐다. 그런데 정말로 나랑 선보는 사람이 그 여자이지 않겠는가?

불과 몇 분 전까지만 해도 시간도 맞추어 오지 못하는데 대충 커피나 한 잔 마시고 일어나야겠다는 생각은 어디론가 사라지고 없었다. 애교스럽게 말하고 내숭떠는 여자는 싫다고 그렇게 떠들고 다녔는데 거짓말을 한 꼴이 되어 버리고 말았다. 귀염성 있는 얼굴과 애교 있는 말투가 자꾸만 예뻐 보이는 게 사람이 사람을 좋아하게 되는데 이상형 같은 것이 하나도 소용이 없다는 말이 맞는가 보다.

아내도 내가 그럭저럭 마음에 들었는지 만났던 곳에서부터 서울극장까지 걸어가서 영화 '펠리컨 브리프'를 보았는데 나중에 결혼해서 알고 보니 아내는 이미 본 영화였다. 정말 인연이란 것이 있었던 모양이다. 일에서든 사람을 만나는 것에서든 내가 좀 신중한 편인데 처음 만난 그 날 나는 그 여자에게 청혼을 했다. 내가 그런 행동을 했다는 것은 아무리 생각해도 인연이어서 그랬다는 것밖에는 설명이 안 된다.

그래도 내가 여복이 있으려니까 나를 잘 이해해주고 나의 좋은 가이드라인이 되어 주는 여자를 만난 것 같다. 연수원 시절 그리운 마음을 끄적끄적 낙엽과 함께 적어 노트 한 권이 되는 날 선물을 했던 것을 나조차 잊고 있었는데 아내는 아직도 소중하게 보관을 하고 있는 모양이다. 처음 소개로 만나 연애를 하면서 참 단조롭게만 데이트를 했었던 것 같은데 그것도 일일이 기억해 주고 있으니 나로서는 참 고마운 일이다.

그 착한 여인과 결혼을 해서 정현이와 소현이 두 딸을 낳았다. 누군가가 하는 말이 전생에 못 누린 여복을 현생에서 모조리 누리느라 그렇단다. 누나와 여동생 네 명도 모자라 아이들도 모두 딸이다. 주변에서 간혹 딸을 보았으니 아들 낳으라는 말을 한다. 나도 아들은 또 딸과 달리 어떤 재미일까 궁금하기도 하다. 그러나 아주 솔직하게 말해 아들을 낳으면 딸들에게 소홀해지지 않을까 걱정이 된다. 그렇기 때문에 아들을 낳을 생각이 없다. 외동아들로 귀하게 자란 내가 나도 모르게 내가 받은 대로, 내가 자란 대로 아들에게 대해주면 그거 문제이지 않겠는가.

딸 둘을 키우는 재미는 정말 쏠쏠하다. 하루하루 부쩍 커 나가는 모습을 보는 것도 흐뭇하고 하나하나 무언가를 배워서 나에게 보여주는 모습도 기쁘고 기특하다. 자식을 기르는 아빠가 되고 보니 세상을 보는 눈도 많이 바뀌었다. 사람들 개개인이 모두 소중하게 느껴지고 그 모두가 그들의 부모들에게는 소중한 자식들이 아니겠는가 하면 화가 나는 일이 있다가도 말이 쑥 들어가 버린다.

결혼하기 전에는 세상의 3분의 1만, 아이를 낳아보기 전에는 세상의 반절만 보인다더니 틀린 말이 아니다. 내 딸들에게, 그리고 내 딸 같은 아이들에게 더 넓은 세상을 보여주고, 더 좋은 세상을 만들어 주어야겠다는 생각은 아마 어떤 부모라도 할 것이다.

정현이와 소현이가 좀 더 편안하고 즐겁게 공부할 수 있는 나라, 대입 시험 점수 때문에 이리저리 눈치 보지 않고 하고 싶은 공부를 마음껏 할 수 있는 나라, 열심히 공부했다면 어렵지 않게 튼실한 직장에 취업할 수 있는 나라, 아끼고 절약해 푼푼이 모은 돈으로 부모 도움 없이 자기들 스스로 집 장만을 할 수 있는 나라, 직장에서는 여자아이라고 차별받지 않고 제 실력을 떳떳하게 인정받을 수 있는 나라, 정현이와 소현이가 혹여 조금 아픈 일이 생기더라도 마음놓고 치료받을 수 있는 의료보험이 큰 힘인 나라, 공기와 물 그리고 흙이 오염되지 않아 식물도 동물도 사람도 모두 건강한 나라, 나이가 들어 노인이 되어서도 건강하다면 원하는 직장에서 일을 할 수 있는 노인들이 쓸쓸해지지 않는 나라, 나는 만들고 싶다.

나는 다행히 이제까지 여복으로 공부도 많이 하고 검사도, 변호사도 될 수 있었다. 덧신 공장의 흰 섬유 먼지 속에서 오로지 자식들 뒷바라지를 위해 열심히 일을 하셨던 어머니, 남동생이 공부를 잘한다는 이유로 기꺼이 양보해주었던 누나들, 그다지 도움도 안 되어 준 오빠임에도 불구하고 자신의 어려운 일들보다 앞서 나에게 마음의 위안을 주곤 하는 여동생들, 그리고 언제나 마음 든든한 아내. 모두 내가 이만큼 일을 하도록 도와주었던 나의 여인들이다.

세상 이치라는 것이 참 이상해서 받았던 것들은 같은 길을 통해 되돌려지지가 않는 것인가 보다. 내가 받았던 것들을 나는 내 딸들에게 하나하나 해 줄 준비를 하고 있다. 정현이와 소현이가 아직은 많이 어리지만 언젠가 이 글들을 보고 아빠의 마음을 헤아려주고 함께 이야기할 수 있었으면 좋겠다. 나도 내가 얼마나 잘 할 수 있을지, 얼마나 많이 할 수 있을지는 잘 모르겠다.

그러나 분명한 것은 내 딸들이 나의 버팀목이 되어 줄 것이고 내가 일을 하는 원동력이 되어 줄 것이며, 내 딸들이 더 좋은 세상에서 살기 위해 나는 노력하겠다는 것이다. 큰 꿈이고, 큰 야망이 될 수도 있지만 소박한 바람이기도 하다.

정현아, 소현아! 아빠가 노력할 테니
아빠를 지켜봐 주렴.

〈끝〉

뿌리출판사 출판문의 : 전화(代) 02)2247-1115
전화 : 02)466-4516, 팩스 : 02)466-4517
인터넷 홈페이지 : www.rootgo.com / 뿌리출판 kr
원고접수 : E-mail : rootgo@dreamwiz.com
주소 : 서울시 성동구 성수 2가 3동 317-10호
우편번호 : 133-835